BIG LIFE

빅 라이프

빅 라이프 6

우지호 장편소설

초판 1쇄 찍은 날 | 2016년 12월 13일
초판 1쇄 펴낸 날 | 2016년 12월 20일

지은이 | 우지호
펴낸이 | 예경원

기획 | 위시북스
편집책임 | 박우진
편집 | 이즈플러스

펴낸곳 | 예원북스
등록번호 | 제396-2012-000132호
등록일자 | 2012. 7. 25
KFN | 제1-051호

주소 | 경기도 고양시 일산동구 호수로 646-24 위너스21 II 빌딩 206A호 (우)10401
전화 | 031-819-9431 팩스 | 031-817-9432
E-mail | yewonbooks@naver.com

ISBN 979-11-5845-310-7 04810
      979-11-5845-517-0 (set)

BIG LIFE
우지호 장편소설
6
WISHBOOKS MODERN FANTASY STORY
빅 라이프
Wish Books

빅 라이프 BIG LIFE

CONTENTS

44장
저희 친구예요

"리카는 아무런 문제없이 건강하니까 안심하시고요. 주기적으로 오셔서 검진 받으시면 좋아요."

　"네, 고생하셨습니다."

　수의사가 탁자 위에 리카를 내려놓았다.

　신체 검사, 혈액 검사, 초음파 검사, 치과 및 안과 검사까지 풀코스로 소화한 것치고는 딱히 피곤한 기색이 아니었다.

　재건이 얼굴을 들이밀자 리카도 얼굴을 내밀고 코와 코를 비볐다.

　"정말 예쁘고 우아해요."

　리카를 내려다보며 수의사가 하는 말이었다. 30대 초반으로 보이는 그녀의 이목구비도 고양이를 닮았다.

"저도 러시안 블루를 좋아해서요. 집에도 한 마리 있는데 리카처럼 우아하진 않아요."

"리카 기분 좋겠네요, 칭찬 받아서."

"지금껏 동물 병원 운영하면서 리카만큼 예쁜 러시안 블루는 한 번도 못 봤어요. 얌전하고, 말귀도 좋고, 똑똑하고. 눈도 어쩜 이리 영롱할까?"

재건이 미소로 화답했다.

어쩐지 오늘따라 수의사의 말이 길어진 듯한 느낌이었다.

서건우의 무덤에서 만난 리카의 사료를 사느라 방문했던 애견 용품 전문점과 나란히 붙어 있는 동물 병원이다.

그 뒤로 집에서도 가깝고 해서 쭉 이용했다. 양쪽 모두 이 수의사의 소유라는 것을 알게 된 건 최근의 일이었다.

"그럼 이만 가 보겠습니다."

재건이 리카를 들어 가슴에 안았다. 몸을 돌리려는 찰나 수의사가 한 걸음 다가서며 그를 불렀다.

"저기, 하 선생님."

"네."

수의사가 가슴 앞으로 두 손을 모으며 말을 이었다.

"실례지만 많이 바쁘신 거 아니면 부탁 하나만 드려도 될까요?"

"뭔데요?"

"선생님이랑 리카 사진 한 장만 병원에 걸어두고 싶어서요."

"아아……. 네, 그러세요."

"아, 정말 감사합니다! 카, 카메라 가져올게요!"

수의사가 카운터에서 전문가용 DSLR 카메라를 꺼내왔다. 재건은 리카를 품에 안고 병원을 배경으로 여러 장의 사진을 찍었다.

"감사합니다, 사진이 아주 예쁘게 나왔어요. 병원에 걸어두면 손님들이 정말 좋아할 거예요."

"포샵 잘 부탁드립니다. 그럼 정말 가 볼게요."

"아니요, 아니요. 이대로 가시면 안 돼요. 애, 영미야! 이리 와봐. 리카 사료랑 캔이랑 좀 챙겨 드려."

"아니에요, 원장님. 사진 한 방 찍은 것뿐인데 안 그러셔도 돼요."

재건이 거절해도 수의사는 막무가내였다. 사료와 영양식을 비롯해 리카가 가지고 놀 여러 장난감까지 한 짐을 쌌다.

사진 한 장의 보답은 재건의 자동차 트렁크를 가득 채우고도 남았다.

"와, 이거 부담스러워서 오겠어? 안 그래?"

차의 시동을 걸며 재건이 물었다. 조수석의 리카는 그저 좋은 듯이 트렁크 쪽을 돌아보고만 있을 뿐이었다.

"이제 미스터리움 사무실로 간다. 너 데리고 들어와도 된다고 하셨어. 편집장님 멋있는 사람이지?"

"야옹."

재건은 내비게이션을 웅성출판 그룹 본사로 설정하고 핸들을 잡았다. 신인 감독 윤태성을 만나기 위한 자리다.

성별은 남자, 나이는 34세. 재건이 아는 정보라고는 이게 전부였다.

"네, 편집장님. 지금 도착해서 지하 주차장 들어가고 있어요. 11층이요. 네, 기억하지요. 금방 올라가겠습니다."

재건은 거대 빌딩의 주차장에 차를 대고 리카와 함께 엘리베이터에 올랐다. 금세 11층에 도착한 엘리베이터 문이 열리자마자 명석의 얼굴이 보였다.

"왜 나와 계셨어요?"

"저희 집에 찾아오셨는데 직접 안내해 드려야죠. 이쪽으로 오세요."

명석은 데스크를 지나 사무실 한곳의 소회의실로 재건을 안내했다. 이미 와 있던 감독 태성이 자리에서 일어서며 인사를 해왔다.

"안녕하세요, 하재건 작가님. 윤태성이라고 합니다."

비쩍 마르고 어딘지 모르게 생기가 없는 인상이었다. 그런 와중에도 힘을 잃지 않은 두 눈만큼은 날카롭게 빛나고 있어서 재건의 흥미를 끌었다.

"반갑습니다. 일찍 오셨네요."

재건이 악수를 나누며 말을 받았다. 자신도 약속 시간을 칼처럼 지키는 사람이다. 한 번도 정시에서 늦은 적이 없는데 왜 이렇게 상대방이 먼저 와서 기다리는 일이 많은 걸까.

"커피 한잔씩 하십시오."

뜨거운 커피를 홀짝이며 이야기가 시작되었다.

서로의 전작에 대해 짤막한 칭찬이 오간 뒤 대화는 즉시 본론으로 들어갔다.

"중반부까지의 시나리오를 봤습니다. 몇몇 신을 어떻게 연출해 낼지 걱정되긴 하는데 큰 어려움은 없어 보이고요. 제가 느끼기에 어색한 대화문은 협의 후 고쳤으면 좋겠습니다. 전 배우들이 애드립 위주로 표현하는 거 싫어해요."

태성의 언변은 거침이 없었다. 마음에 없는 겉치레 말을 내뱉지도 않고 우회해서 표현하는 것도 없었다. 모든 것이 직설적이었다. 그래서 재건은 오히려 마음에 들었다.

"지금 하 작가님이 쓰신 트리트먼트에 나온 결말이요. 거기까지 그 분위기 그대로 시나리오가 완성된다는 전제하에 저는 수락입니다. 스토리도 제 취향이고요."

"좋은 말씀 감사합니다."

태성이 커피 한 모금을 마시고는 웃지도 않는 얼굴로 고개를 내저었다.

"감사한 건 접니다. 저에겐 첫 상업 영화입니다. 하 작가님 원작 소설 열기가 아직도 대단해요. 이번 소설도 기준 이상의 대박을 칠 게 분명해 보이고요. 막말로 제가 이 영화를 스무 살의 여름처럼 말아먹어도 손익분기점은 찍을 겁니다."

재건이 쓴웃음을 짓든 말든 태성은 거리낌 없이 속내를 내뱉었다.

"저도 성격상 저와 안 맞는 작품은 못 합니다. 꼬락서니는 이래 봬도 자존심 하나 엄청나거든요. 그런데 하 작가님 작품은 잘 맞습니다. 당연히 전 이 기회 놓치고 싶지 않습니다."

"무슨 말씀이신지 이해했습니다."

재건이 시선을 교환하며 고개를 끄덕였다. 부릅뜬 태성의 두 눈에서 허세는 찾아볼 수 없었다. 이 사람이라면 제대로 된 영화를 만들어줄 수 있으리라는 확신이 섰다.

"원하시면 언제든지 현장에도 오세요. 신별로 촬영을 끝낼 때마다 확인하실 수 있도록 해드릴 테니까요."

"세세히 배려해 주시니 몸 둘 바를 모르겠네요."

재건은 식어가는 커피를 전부 마셨다. 가장 중요했던 시나리오에 관한 이야기는 이렇게 종결되었다.

하지만 그에게는 아직 더 해야 할 말이 남아 있었다.

"이제 주연 배우에 대해서 말씀을 드리고 싶은데요."

말머리를 꺼낸 재건이 명석을 돌아보며 바통을 넘겼다. 명석은 콧등 위로 안경을 살짝 올리며 입을 열었다.

"주연은 박도준 씨로 갔으면 합니다."

태성의 눈초리가 가늘어졌다.

"박도준 씨요?"

"네, 다른 배역들은 오디션을 열어서 뽑아야겠지만 주연은 박도준 씨였으면 좋겠습니다. 애초에 박도준 씨를 염두에 두고 조강재라는 인물을 조형했다는 게 하 선생님 말씀입니다."

태성이 고개를 돌려 재건을 쳐다보았다. 재건은 묵묵히 고개를 끄덕이며 명석의 말이 맞음을 시인했다.

"박도준이라……. 으음……."

태성은 인상을 대조해 보는 듯 한동안 두 눈을 감은 채 반응이 없었다. 잠자코 기다리고 있으려니 얼마 뒤 그가 눈을 뜨며 대답했다.

"괜찮을 것 같습니다."

"박도준 씨가 출연하는 것만으로도 꽤나 큰 이슈가 될 겁니다."

명석의 말에 태성이 손사래를 쳤다.

"박도준 씨 인기가 얼마나 높건 말건 그런 건 별로 상관없어요. 제가 생각한 조강재 캐릭터와 맞으니 쓸 수 있다는 거죠. 아, 근데…….”

태성이 뭔가 생각난 표정으로 두 눈을 내리깔더니 다시 말을 이었다.

“뉴던에 아는 친구가 있는데요. 그 친구 말론 박도준이 우재훈 감독 다음 작품에 출연하기로 됐다던데요.”

“계약을 했답니까?”

“거기까진 모르겠습니다. 아무튼 두 사람 친하잖아요. 신인일 때부터 박도준 편의를 여러모로 봐줬다던데요. 바다가 있었다 연말부터 촬영 들어간다 쳐도 출연할 수 있을까요? 제가 보기엔 영 아니올시다인데요.”

“흐음, 어쨌든 연락을 해봐야겠군요. 말씀 감사합니다.”

도준에 대한 이야기는 일단 이렇게 끝을 맺었다.

재건과 태성은 명석의 배웅을 받으며 각자의 차에 몸을 실었다. 강단 있는 감독 태성을 만나 마음이 놓이는 한편 도준에 대한 근심도 일었다.

‘정말 우재훈 감독 작품에 출연하려는 걸까.’

도준의 집에서 나눴던 대화가 뇌리에 떠오르는 재건이었다. 반드시 ‘바다가 있었다’에 출연하고 싶다던 그의 열망을 똑똑히 느낄 수 있었던 자리였다.

재건은 메시지라도 보내서 물어볼까 생각했다가 다시 핸

드폰을 주머니에 넣었다.

자신이 끼어들 부분이 아니라는 생각이었다. 명석이 이름처럼 명석하게 알아서 진행시킬 것이다.

드르륵!

핸드폰이 울리며 연우로부터 전화가 걸려왔다.

재건은 이제 내비게이션을 찍을 필요도 없는 부천 방향으로 핸들을 꺾으며 전화를 받았다.

"재촉하려고 전화했냐?"

─형이 또 오늘 회식 잊어버리신 건 아닌가 싶어서요. 영화에 대한 애기는 잘 끝나셨어요?

"그럭저럭. 아무튼 지금 사무실로 가고 있어."

─은영이 누나가 해신탕 끝내주게 끓이고 있으니까 빨리 오세요.

"이제 겨우 6시다. 7시까지 오라고 했잖아. 빨리 갈 테니까 끊자. 운전하는 중이야."

─네, 형.

작가 사무실에 도착하니 작가 네 명에 소미와 태원까지 모두가 모여 있었다. 커다란 솥에서는 탕이 부글부글 끓는 중이었다.

"향기 끝내주네요. 장 작가님은 요리사 하셔도 되겠어요."

"그거 제가 글 못 쓴다는 소리로 들리는데요?"

"에이, 무슨 그런 살벌한 농담을."

"형, 이거 토종닭만 다섯 마리 들어갔어요. 전복이랑 문어도 왕창 들어간 거 보세요. 아, 냄새 작살이다. 뱃가죽이 등에 들러붙는 거 같아요."

연우가 특유의 몸짓으로 호들갑을 떨었다. 은영이 쿡쿡 웃고는 그의 등허리를 찰싹 때렸다.

"슬슬 상 차릴 준비하자, 연우야."

"네, 누나."

"저는 뭘 하면 될까요?"

"아, 재건이 형은 그냥 계세요. 제가 다 하면 돼요."

연우는 재건이 숟가락 하나 놓는 것조차 허락하지 않았다.

재건은 도리가 없이 리카를 안은 채로 테라스까지 밀려났다. 소미가 다가와 리카를 받아 가슴에 안으며 말했다.

"하 작가님, 요즘 혈색이 좋으세요. 보는 저까지 힘이 난다니까요."

"소미 씨 덕분입니다. 그때 일침을 주신 덕에 규칙적인 작가로 거듭나게 됐죠. 언제고 제가 또 건강관리 허술하게 하면 바로바로 지적해 주세요."

"알겠어요. 제가 우리 엄마한테 잔소리 스킬은 그대로 이어받았거든요. 기대하셔도 좋아요."

소미와 재건이 서로를 쳐다보며 쿡쿡 웃었다. 말을 이어가려던 도중에 재건의 핸드폰이 울렸다.

박도준이라는 이름을 확인한 재건은 사람들을 피해 복도로 나가 전화를 받았다.

"어, 도준아."

–고맙다, 하재건. 역시 너와 친구 먹길 잘했어.

첫마디부터 도준의 목소리는 한껏 들떠 있었다.

"갑자기 무슨 소리야?"

–뉴던 팀장한테 얘기 들었어. 윤태성 감독님 만나서 나 주연으로 팍팍 밀어줬다며?

"아아, 난 또……. 난 한 것도 없어. 네 이름값이 있는데 오히려 다들 반길 일이겠지. 근데, 뉴던이라고?"

–어, 투자 배급 이번에도 뉴던이 맡게 될 거 같은데?

"거봐, 역시 박도준이지. 신인 감독이라 투자자들이 다소 꺼릴 줄 알았는데 네 파워가 장난이 아닌 거야."

전파 너머에서 도준이 커다랗게 웃음을 터뜨렸다.

–그렇게 말해주니 어깨에 벽돌이 올라오는데? 뭐, 까놓고 내 힘만은 아니지. 웅성에서 40억 출자한다더라.

"……웅성에서?"

재건이 놀란 듯이 되물었다. 웅성출판 그룹 대표의 장남이자 편집장이기도 한 명석의 얼굴이 눈앞을 아른거렸다.

역시 명석이 힘을 써줬으리라.

─아무튼 고맙다, 하재건. 나 오늘 시간 비는데, 너 뭐 하냐? 우리 좋은 곳 가서 술 한잔 안 할래?

"아, 미안해. 나 오늘 사무실에서 작가들이랑 회식 있어. 이제 곧 시작할 참이라서."

─작가 사무실? 나 거기 끼어도 돼? 구경해 보고 싶다.

"안 될 건 없지. 너 오면 다들 얼마나 좋아하겠어. 근데 인기 배우 박도준이 작가 사무실에 놀러오겠다고?"

─말 다 끝났네. 날아갈 테니까 주소 톡으로 보내.

"어? 도준아?"

전화가 끊겼다.

재건은 고개를 갸우뚱거리면서도 주소를 보낸 다음 작가 사무실로 돌아왔다. 그리고 모두에게 양해를 구했다.

"죄송한데 제 친구 한 사람이 사무실에 놀러오고 싶다고 해서요. 괜찮을까요?"

"그런 걸 왜 물으세요. 여기 하 작가님 사무실인데요. 근데 친구 어떤 분이요?"

은영의 물음에 재건은 코끝을 긁으며 대답했다.

"박도준이라고, 스무 살의 여름에도 주연으로 나왔죠."

은영을 비롯해 모든 사람이 일순 멍해졌다. 이윽고 그녀는 재건의 어깨를 가볍게 때리며 픽 하고 웃음을 터뜨렸다.

"하 작가님 이제 보니 농담도 잘하셔."

"아니, 진짠데…….."

작가들은 재건의 말을 좀처럼 믿으려 하지 않았다. 소미와 태원만이 반신반의한 표정이었다. 그들이 아는 재건은 이런 농담을 할 사람이 아니니까.

딩동!

20분쯤 지났을 때 초인종이 울렸다. 재건이 직접 나가 현관문을 열어주었다.

하얀 실크 셔츠에 검은색 슬랙스 차림의 도준이 껑충한 키로 히죽 웃으며 서 있었다.

"넌 있는 그 자체로 화보 같다."

"화보 같은 게 아니라 정말로 화보 찍다 왔다."

"어서 들어와."

"실례하겠습니다!"

도준이 우렁찬 목소리로 인사하며 안으로 들어섰다. 그를 본 모두가 할 말을 잃었다.

찬물을 끼얹은 것처럼 고요해진 사무실 안에는 부글부글 탕이 끓는 소리만 울리고 있었다.

"저, 저, 저, 저, 저…….."

은영이 턱 끝을 부들부들 떨며 말을 더듬었다. 이렇게 눈이 컸나 싶을 정도로 두 눈을 부릅뜨고 있었다.

"저, 저, 저…… 정말 박도준 님……?"

멀찍이 선 소미는 차마 다가오지도 못하고 붉어진 양 뺨을 두 손으로 문지르는 중이었다. 스크린을 통해서나 접했던 미남 배우 도준을 코앞에서 대면한 모두가 얼이 반쯤 나가 있었다.

가까스로 얼마간 혼란에서 벗어난 은영이 소리치듯 말했다.

"저 진짜 박도준 님 완전 좋아해요! 어떻게, 어떻게 하 작가님하고 인맥이 있으신 거예요?!"

"네, 재건이가 말 안 했나 본데 저희 친구예요."

"세상에! 세상에! 어, 어서 이리 오셔서 앉으세요! 제가 해신탕 만들었으니까 같이 드세요!"

은영이 허겁지겁 의자로 도준을 안내했다. 멀리서 바라보는 민호의 표정은 썩 좋지만은 않았다.

사태가 진정되고 제대로 식사를 하기까지는 꽤나 시간이 걸렸다. 도준은 시원시원한 언변으로 좌중을 사로잡았다. 푹 삶은 닭고기도 깨작거리는 일 없이 손으로 집고 뜯어먹었다. 좀처럼 보지 못한 인기 배우의 털털한 모습이 모두의 호감을 샀다.

"장은영 작가님, 왜 저는 소주 안 주십니까?"

"소주도…… 드세요? 저는 막 와인이나 그런 것만 드실 것 같아서 드리기가…… ."

"무슨 말도 안 되는 말씀을. 저 군대에선 밥그릇에다 마셨어요. 빨리 가득 채워주시죠."

드르륵!

"앗, 죄송합니다. 잠시만요."

도준이 핸드폰을 꺼내 들고 일어섰다. 액정에 김나연이라는 이름이 떠오른 참이었다. 도준은 언젠가 룸에서 만나 알게 된 그녀의 전화를 즉시 받았다.

"여보세요."

─안녕하세요, 저 김나연이에요. 자고 있어서 전화 주셨는지 줄 몰랐어요. 죄송해요.

"죄송한 건 갑자기 전화한 이쪽이고요."

도준은 발코니로 자리를 옮기면서 그녀의 일상을 헤아렸다. 새벽녘까지 룸에서 손님들을 접대하고 집으로 돌아가 잠을 청할 그녀의 생활을 고려하지 않았다.

─그런데 어쩐 일로……?

"전에 만났을 때 배우 되고 싶다고 했었죠?"

도준이 단도직입적으로 물었다.

─…….

새근새근 숨소리만 몇 초간 이어진 끝에 나직이 대답이 돌아왔다.

─네, 될 수만 있다면…….

"조만간 오디션 있을 겁니다."

ㅡ오디션이요?

"영화 오디션이요. 빠르면 두 주에서 늦으면 몇 달이 될지도 모르겠지만 연기 몇 가지 준비해 두세요. 인상적인 자기소개랑 특기 같은 것도 있으면 좋고. 자료 나오면 보내줄 테니까 받아서 참고하시고."

ㅡ네, 그럴게요. 근데 어떤 영화인지 여쭤 봐도 될까요?

"나중에 알려줄게요. 끊을게요. 지금 좀 바빠서."

도준은 할 말을 빠르게 마치고 전화를 끊었다.

자리로 돌아온 그에게 재건이 물었다.

"바쁜 일 생긴 거 아니야?"

"그런 거 아냐. 그냥…… 오다가다 본 여잔데 마스크가 좋아서 오디션에 한번 참가시켜 볼까 싶어서."

"오디션?"

도준이 씩 웃으며 재건의 어깨에 자신의 어깨를 부딪쳤다.

"바다가 있었다 말야."

"아아…… 거기 추천할 정도로 이미지가 좋아?"

"궁금하면 나중에 오디션 와서 봐봐."

"내가 거기 갈 일이 있을까."

술을 따라주려고 내내 술병을 들고 있던 은영이 끼어들었다.

"도준 씨, 저 팔 떨어질 것 같아요."

"와우, 죄송해요. 제가 이런 결례를. 주세요. 저도 한 잔씩 드리겠습니다."

도준은 직접 테이블을 돌면서 동석한 이들의 잔에 술을 한 잔씩 따라주었다.

그리고 모두가 잔을 높이 들어 건배를 나눴다.

"정말 반갑습니다."

"저야말로 정말 반갑습니다. 전 아직도 도준 씨와 함께 이 자리에 있다는 사실이 믿어지지 않아요."

"저도요. 제 평생 잊지 못할 날이 될 거에요."

아무래도 오늘의 주역은 도준이었다.

생기 넘치는 연예인 특유의 감각으로 즐거운 분위기를 주도하고 있었다.

"……한 번은 생방송 중인데 화장실이 너무 급한 겁니다. 제가 맥주를 마시면 다음 날 가끔 탈이 나거든요? 그래서 지사제를 먹었는데도 허…… 눈앞이 노래지고 패널들은 계속 질문을 해오는데 뭐라는지 알아듣지도 못하겠고!"

도준이 말할 때마다 누군가가 여지없이 배를 잡고 허리를 숙이며 껄껄거렸다.

스크린을 통해 접한 것과는 전혀 다른 인상. 거기에서 느껴지는 이질감이 사무실의 작가들에게 묘한 매력으로 다가

왔다.

"도준 씨 덕분에 연예인 캐릭터 만들 때 참고가 많이 될 것 같아요. 오늘 들은 이야기들 글에 써먹어도 될까요?"

"화장실 에피소드만 빼고 다 됩니다."

또 한차례 터지는 웃음 속에서 연우가 새 술의 뚜껑을 따고 있었다.

재건의 근심스런 시선이 벽시계로 향했다. 정신없이 대화를 나누다 보니 벌써 밤 10시가 넘어가고 있었다.

"연우야, 더 마셔도 괜찮아?"

"괜찮아요, 형. 저 안 취했어요."

말은 그렇게 하지만 연우의 두 눈은 흐리멍덩했다.

"받으세요, 형. 박도준 형도 받으세요."

연우는 오늘 처음 본 도준에게도 형이라고 부르며 술을 따라주었다. 지친 기색으로 고개를 떨어뜨리는 그에게 도준이 넌지시 물었다.

"괜찮겠어요, 동생?"

"네, 정말 괜찮아요. 그냥 도준이 형이랑 재건이 형 생각 좀 했어요."

"무슨 생각이요?"

연우는 도준과 재건의 얼굴을 번갈아 보며 실실 웃고는 말했다.

"스무 살의 여름 영화요. 그거 보고 도준이 형한테 감탄했어요. 영화는 솔직히 흐으…… 좀 그렇잖아요. 근데도 도준이 형은 재건이 형 소설에 나오는 이진혁 역할 진짜 잘해주신 거 같더라고요. 그런 생각을 했어요."

"고맙네요."

"근데 말이죠."

연우가 취한 두 눈에 힘을 가득 불어넣으며 고개를 들었다.

"저는 사실 재건이 형 장르 소설을 더 좋아하거든요? 스무 살의 여름도 재밌고, 이번에 나올 바다가 있었다도 재미있겠지만 지금도 힘들거나 심심할 땐 풍천유 장르 소설을 먼저 보게 된단 말이에요."

"동생 말에 공감. 나도 최근에 오스카의 던전 읽고 있는데 페이지도 술술 넘어가고 이해도 빨라서 좋더라."

어느덧 도준도 자연스럽게 말을 놓고 있었다. 그가 자신의 의견을 지지하자 연우는 신이 나서 말을 이었다.

"그쵸? 그쵸? 사람들은 그렇게 쉽게 읽히는 게 작품성이 낮다느니 어쩌느니 하는데 전 그렇게 생각 안 하거든요? 사람들이 많이 읽어주는 책이 좋은 거 아니에요? 아무리 좋은 작품이라고 해도 아무도 안 읽어주면 무슨 소용이 있어요?"

"너 대체 무슨 말을 하려고 서론이 이리 거창해?"

연우는 재건의 나무람에도 굴하지 않고 혀 꼬부라진 어조로 할 말을 계속했다.

"지존록이나 페젤론도 영화화될 수 있는 거 아니에요? 지금 쓰는 오스카의 던전도요. 재건이 형이 원작 쓰시고, 도준이 형이 주연 맡으시고 와…… 상상만 해도 심장이 쿵쾅거리는데. 그거 뭐지? 왜 노벨문학상은 판타지나 무협 이런 거엔 안 줘요? 우리 재건이 형은 완전 받을 자격 충분한데. 재밌고 감동도 만빵이잖아요."

술기운이 오른 연우의 말은 앞뒤가 제대로 맞지 않았다.

더불어 현실성도 고려하지 않은 이상적인 주장에 다들 피식거리며 넘어가는 분위기였다.

오직 단 한 사람.

도준만이 진중한 표정으로 연우의 말에 고개를 끄덕이고 있었다.

"동생 말대로 장르 소설로 노벨문학상 받지 말란 법 없지. 그리고 재건이 작품이라면 업계에서 기피하는 판타지라도 영화화해 주는 날이 올 수도 있지 않을까?"

"정말 그렇게 생각하세요?"

"그렇다니까. 오스카의 던전 영화화되면 나도 머리 금발로 탈색해서 주연배우 오디션 볼 거야."

연우는 감동을 주체할 수 없다는 듯 자신의 가슴을 쥐어뜯는 시늉마저 해 보였다.

"아, 도준이 형. 진짜 사랑해요."

"난 여자를 더 좋아하니까 됐어."

20분이 채 지나지 않아 연우가 모로 픽 쓰러졌다.

재건은 무너지려는 그를 재빨리 받아 부축하며 혀를 찼다.

"하여간 술도 못 마시면서 왜 이렇게 많이 마셨대?"

"도와줄게."

재건과 도준이 함께 부축해서 연우를 침대에 눕혔다.

연우는 벌써부터 좋은 꿈이라도 꾸는지 입가에 미소를 짓고 있었다.

"나도 이만 돌아가야겠다."

"운전은?"

"매니저 형이 근처에서 쉬고 있어."

"주차장까지 바래다줄게."

도준은 또 놀러 오겠다는 인사를 고한 뒤 오피스텔을 나섰다. 그와 나란히 복도를 걸으며 재건이 말했다.

"연우 귀엽지?"

"어, 쟤는 완전 소년 감성이네. 부러워."

"받아줘서 고맙다."

"받아준 거 아니야. 나도 진심이었어."

엘리베이터 버튼을 누르며 도준이 대답했다.

"나 예전에 네가 했던 인터뷰 전부 찾아봤어. 원래 장르가 재미있어서 쓰기 시작했다면서?"

"……."

"지금도 네가 쓸 때 가장 재미있는 장르가 뭔지 생각해 봐. 연우는 그런 말을 하고 싶었던 게 아닐까? 정말로 네가 즐길 수 있는 글을 쓰라고."

"듣고 보니 나도 뭔가 느껴지는 게 있는 것도 같고."

"해본 소리니까 흘려들어."

주차장에 와 보니 매니저는 이미 차에서 대기하고 있었다.

문을 열고 차에 올라탄 도준이 창문을 내리고는 손을 흔들었다.

"초대 고마웠다. 나중에 또 보자."

"저기, 도준아."

"어? 말해."

재건이 아무도 없는 주변을 한번 돌아보고는 작게 물었다.

"너 정말 바다가 있었다 출연할 생각이야? 우재훈 감독이랑 괜찮겠어?"

"……뭔 말을 하려나 했네. 내가 하고 싶은 영화 하겠다는데 안 괜찮을 일이 뭐 있어. 그건 내 문제니까 신경 끊어. 간다."

창문이 올라가고 차가 전진하기 시작했다.

매니저는 백미러를 통해 이쪽을 바라보고 선 재건을 바라보며 중얼거리듯이 말했다.

"문제가 없진 않을 텐데, 도준아."

"대표님은 허락해 줬잖아."

"그게 허락해 준 거냐? 네가 고집불통이니까 도리가 없어서 져 준 거지."

"질질 끌려 다니는 거 싫어. 나도 내가 하고 싶고 즐길 수 있는 배역 맡을 거라고."

도준의 목소리가 여느 때보다 또렷했다.

엘리베이터 앞에서 재건에게 했던 말은 사실상 스스로를 향한 일침이었다.

"아이고, 이제 나도 모르겠다."

"뭐 이런 무책임한 매니저가 다 있어? 형이 모르겠다고 하면 어떡해? 나 계속 보살펴 줘야지."

"하느님, 제가 무슨 죄를 지었다고 이런 골칫덩이를 맡기셨나이까."

도준은 킬킬거리며 핸드폰을 꺼내 들었다.

열 번도 넘게 읽은 '바다가 있었다' 초반 시나리오가 작은 액정에 차올랐다. 달리는 차 안에서 혼자만의 연습이 시작되었다.

45장
특훈이 통했는가

"그래, 수희야. 벌써 내일이네. 떨리기는 뭘. 너무 심하면 우황청심액 하나 마시면 돼. 알았어, 전화하자. 고생해."

전화를 끊은 재건은 전신 거울을 바라보며 한숨을 내쉬었다.

한 손에는 직접 작성한 강연 대본을 쥐고 있었다.

"리카, 내 표정이랑 몸짓 이상하지?"

"야옹?"

"내가 봐도 너무 딱딱해. 300명이 넘게 온다고. 오리엔테이션이랑 도서관 강연하고는 다르잖아. 나 시작도 전에 긴장해서 미쳐 버릴 거 같아. 단상 올라가서 기절하는 거 아냐?"

드르륵!

주머니의 핸드폰이 진동하는 것만으로 재건은 몸을 흠칫 떨었다. 그만큼 긴장했다는 증거였다.

꺼내 보니 도준의 전화여서 그는 냉큼 받았다.

"어, 도준아."

―뉴턴 다녀오는 길이다. 바다가 있었다 조강재 역 확정이다.

"축하한다. 그리고 고맙다."

―나머지 출연진 오디션 볼 때 너도 초빙한다더라. 이거 때문에 전화했어.

"나를? 내가 왜?"

―네가 원작자잖아. 원작 쓰면서 나름대로 인물들 이미지 그려봤을 거 아냐. 네 의견도 중요할 수 있으니 꼭 참고했으면 좋겠다고 윤태성 감독님이 얘기했어.

"그렇구나……."

비쩍 마른 몸으로 두 눈을 빛내던 태성의 모습이 뇌리에 되살아났다.

오디션까지 참여할 수 있도록 세세히 신경을 써줄 줄이야. 좋은 감독을 만났다는 확신이 한층 강해졌다.

―지금 뭐 하냐? 나 스케줄 비어서 심심한데 놀러가도 돼?

"내일 게임 회사에서 강연 있는데 그거 연습하는 중이야. 근데 긴장돼서 미치겠다. 너처럼 나도 성격이 자신만만하면 좋을 텐데."

─야, 그런 거면 진즉 나한테 얘기했어야지. 내가 가서 놀려줄 테니까 기다려.

"우리 집 어딘지 알아? 나 오늘은 강연 준비하느라 집에 있어."

─그걸 내가 어떻게 알아? 빨리 주소 톡으로 보내. 끊는다.

도준은 약 30분 후에 재건의 집에 도착했다.

대문을 통과하고 정원을 지나면서 그는 의외라는 듯이 입술을 동그랗게 말았다.

"잘해 놓고 사네. 돈 많이 벌었구나."

"그렇지도 않아. 집 손질하는 데 다 털어 넣었어."

리카가 쪼르르 달려와 아는 체를 해왔다.

도준이 손을 뻗어도 도망가지 않고 그의 품에 안겼다.

"집 구경은 나중에 하고 네 강연 대본이나 보자."

"정말 도와주려고?"

"놀려먹을 거라니까? 빨리 내가 청중이라 치고 해봐."

재건은 자리에 앉은 도준 앞에서 연습한 대로 강연을 시작했다.

그런데 5분이나 지났을까.

도준이 하품을 하고는 손을 내저었다.

"왜? 무슨 문제 있어?"

"이거 꽤 중요한 자리 아니냐? 네 작가 경력에도 그렇고."

"아무래도 회사가 크니까 영향은 있겠지……."

"근데 이렇게 지루해? 네 강연 아니었으면 나 벌써 자리 박차고 나갔어."

"으음……."

"기자들도 올 텐데, 강연이 재밌어야 기자들이 쓰는 기사도 재밌지. 인사말부터 이게 뭐야? 안녕하세요, 반갑습니다. 하재건입니다? 와, 장난하는 것도 아니고. 대본 이리 줘봐."

도준이 재건의 손으로부터 대본을 빼앗아 들었다.

7~8장에 달하는 대본을 빠르게 훑고 난 그는 어이없어 하며 말을 이었다.

"네 강연에는 가장 중요한 두 가지가 결여돼 있다."

"그게 뭔데?"

"적절한 유머와 감동. 넌 소설로는 잘 풀어내면서 대본을 뭐 이렇게 정 없게 썼냐? 네가 소설 창작하면서 힘들었던 시절이라든가 여러 에피소드 있을 거 아냐."

"그게 참, 내 입으로 내 얘길 하려니까 쑥스럽더라. 남들에게 밝힐 만한 인생을 산 것도 아니고."

도준은 고개를 절레절레 내저으며 볼펜을 쥐었다.

이윽고 대본의 절반 이상에 검은 줄이 죽죽 그어졌다.

"자, 이제 나머지는 네 이야기, 그리고 청중들의 호응을 이끌어 낼 수 있는 적절한 유머로 채우는 거야."

"말이 쉽지 그걸 내가 무슨 수로 해?"

"그러니까 이 형이 온 거 아니냐. 지금부터 우주 대스타 박도준 님께서 특훈을 해줄 테니 강연 성과 좋으면 술이나 쏴라."

도준이 넥타이를 풀고 옷소매를 걷어붙였다.

재건은 목울대를 울리며 전신 거울을 들여다보았다.

도준의 도움으로 이 쭈뼛한 모습이 개선될 수 있을지 전혀 확신이 들지 않았다.

"서버 팀도 전부 내려가요?"

"응, 구 대리 빼고 다 내려가."

넥션 본사의 직원들이 분주하게 움직이고 있었다. 모두 각자의 일을 정리하고 일어나 엘리베이터에 몸을 실었다.

목적지는 본사 건물 안에 마련된 초대형 다목적 홀이었다.

타다다닥! 탁!

모바일 기획 팀에 남아 있는 사람은 명훈뿐이었다. 그는 두 눈을 치켜뜨고 게임 시나리오를 작성하는 중이었다.

하지만 이내 문장이 막히면서 키보드를 두드리던 열 손가락이 멎었다.

'오늘인가…….'

푸른 모니터 화면 위로 딱딱하게 굳은 명훈의 얼굴이 비치고 있었다.

오늘은 재건의 콘텐츠 강연이 열리는 날이다. 더 많은 인원을 수용하기 위해 조이엠이 아닌 넥션 본사의 홀이 강연 장소로 채택되었다. 그것만으로도 명훈은 심기가 뒤틀렸다. 조금 전부터 수희가 보이지 않게 된 이유도 강연 때문이리라.

'센스도 없는 주제에 꼴같잖게 강연은. 오리엔테이션 때처럼 호응을 날로 먹을 수는 없을걸. 게임 회사 직원들이 작가한테 관심을 가지면 얼마나 가질 거 같냐?'

명훈의 증오와 집착은 거의 비등한 수준이었다.

오리엔테이션 때는 물론이고 지역 도서관에서 펼쳤던 재건의 강연도 동영상을 통해 접했다. 그리고 내린 결론은 조소였다.

"오 작가님, 안 내려가십니까?"

명훈이 조소를 지우고 고개를 들었다.

이제 막 자신의 사무실에서 나온 기획 이사 남규호가 몇 걸음 떨어진 복도에 서 있었다.

"오늘 하재건 작가님 강연 있잖아요."

"압니다. 별로 관심이 없어서요."

규호가 셔츠 깃을 고치며 말을 이었다.

"그리 긴 강연도 아닌데 들어보시죠. 오 작가님 게임 시나리오 집필하시는 데 도움 될 내용이 있을지도 모르잖아요."

규호로서는 대수롭지 않게 내뱉은 의견이었다. 하지만 명훈은 즉시 발끈해서 얼굴을 붉혔다. 규호의 말은 그에게 재건의 가르침을 받으라는 소리나 마찬가지였다.

"다시 말하지만, 관심 없습니다. 이사님이나 다녀오시죠."

규호는 뜨악한 표정이었지만 고개를 끄덕이며 몸을 빙글돌렸다. 한마디 말을 덧붙이는 것만은 잊지 않았다.

"오 작가님 시나리오 점점 좋아지네요. 계속 이렇게 쓸 만한 내용으로 부탁드립니다. 그럼 내려갑니다."

속이 발칵 뒤집힌 명훈이 책상을 짚으며 몸을 일으켰다.

규호는 자신을 노려보는 그의 시선을 의식하지 못한 채 걸음을 서둘렀다.

"안녕하십니까, 이사님."

"안녕하세요, 이사님."

홀의 입구에 모여 있던 직원들이 규호를 보고 정중하게 인사를 해왔다. 규호는 고개를 까닥여 답하고는 홀 안으로 들어섰다.

드넓은 홀 내부에 늘어선 객석은 거의 만원이었다. 대형 스크린이 붙은 단상 위의 조명이 빛을 뿌리고 있었다.

허가받은 방송사의 카메라맨들은 객석 틈바구니와 양 끝 복도에 자리를 잡고서 장비를 점검하는 중이었다.

"이사님, 이쪽으로 오세요."

가장 앞 열에 앉아 있던 수희가 일어나 말했다.

규호는 그녀의 옆에 마련된 자신의 자리에 몸을 앉히며 물었다.

"동기라면서요?"

"네, 맞습니다."

"1년 사이에 엄청나게 성공했던데."

"항상 열심히 쓰는 친구였는데 이제야 빛을 발하나 봐요."

대답하는 수희의 입가에 웃음이 번지고 있었다. 사무실 내에서는 좀처럼 보기 힘든 미소 앞에서 규호는 양어깨를 으쓱했다.

'잘해야 할 텐데.'

양 무릎 위에서 수희는 연신 맞잡은 손가락을 꼼지락거리고 있었다. 마음이 조금은 초조했다. 지금까지 재건이 해온 두 번의 강연과는 상황이 다르기 때문이다.

가장 큰 차이는 청중이다. 오리엔테이션처럼 작가가 되겠다는 꿈을 안고 모인 후배들이 아니다. 지역 도서관 때처럼 창작에 관심을 갖고 자발적으로 찾아온 사람들 또한 아니다.

자의 반 타의 반으로 업무 중에 끌려온 게임 회사 직원들인 것이다.

'강연 대본을 부드럽게 쓸 수 있도록 도와줄 걸 그랬나.'

뒤늦은 후회가 밀려드는 수희였다.

재건의 자존심을 고려해 대본에 관해서는 한 번도 물어보지 못했다. 직원들이 얼마나 관심을 갖고 강연을 경청해 줄 것인지가 무척 걱정이었다.

홀 내부를 환히 밝히던 빛이 어두워졌다.

단상에만 집중된 조명 너머로 마이크를 통해 증폭된 안내 음성이 들려왔다.

"지금부터 창의적인 콘텐츠를 주제로 한 하재건 작가님의 강연이 시작되겠습니다. 박수로 맞아주시기 바랍니다."

300여 명의 청중이 일시에 박수를 쳤다.

대기실에 앉아 있던 재건이 단상 끝머리에서 등장했다.

한가운데로 걸어오는 그를 보고 수희는 놀란 두 눈을 동그랗게 떴다. 강연 전에 만나지 못했기에 지금이 재건을 처음 보는 순간이었다.

"요즘은 작가님들도 멋쟁이네."

수희의 놀란 심정을 대변하듯 규호가 중얼거렸다.

재건은 와인 빛깔로 염색한 새로운 헤어스타일을 하고 있었다. 신체와 올곧게 맞아떨어지는 감색 슈트에서도 전에 없는 맵시가 흘렀다.

'쟤가 어쩐 일이래?'

수희가 아는 재건은 옷차림이나 외모에 신경을 쓸 인간이 아니었다. 인기 배우 도준의 손을 거쳤다는 사실을 모르는 그녀로서는 그저 아리송할 뿐이었다.

수희의 반짝이는 시선이 꽂혀든 단상 위.

'후우……!'

재건은 착용한 마이크를 만지작거리며 심호흡을 했다.

시야를 가득 메운 300여 명의 청중이 파도처럼 일렁거렸다. 현기증이 밀려오고 가슴은 요동쳤다. 예전의 소규모 강연 때와는 느낌 자체가 달랐다.

'역시 우황청심액을 먹었어야 했어.'

자꾸 먹으면 습관 된다고 말리던 도준의 말을 들은 게 실수였다.

재건은 어떻게든 긴장을 풀어보려고 상체를 곧추세웠다.

그러던 중 객석 앞쪽의 한곳에서 시선이 멈췄다. 싱그럽게 웃는 수희와 눈길이 마주친 참이었다.

'잘해, 재건아!'

수희의 반짝이는 눈빛이 응원의 메시지를 보내고 있었다.

재건의 입가에도 길게 미소가 그어졌다.

수희가 가까이서 지켜보고 있었다. 마음이 조금씩 차분해지면서 뒤틀린 호흡도 고르게 되돌아오고 있었다.

'후우……!'

재건은 눈을 감고 고마운 사람들의 얼굴을 하나하나 눈앞에 그렸다.

수희의 존재로 시작된 안정감이 가슴 안에 만연해진 순간, 그는 두 눈을 뜨고 입을 열었다.

"저는 머리가 새하얗게 비었습니다."

"……?!"

수희의 얼굴이 살짝 굳어들었다.

그녀가 예상했던 평범한 인사말이 아니었다.

"새하얗게 비어서 콘텐츠를 주제로 조리 있게 강연을 진행할 수 있을지 확신이 없습니다. 제 예상보다 너무 많은 분이 와주셨거든요. 저는 몹시 당황했고 목적을 급히 변경했습니다. 저는 오늘 강연을 듣는 여러분의 머리에 아무것도 남는 게 없는 강연을 하겠습니다."

객석 곳곳에서 헛웃음이 터져 나왔다. 그 웃음소리가 채 그치기도 전에 재건은 재빠르게 말을 이었다.

"여러분이 집에 돌아가셔서 아, 근데 오늘 강연 재미는 있었는데 내용이 뭐였더라? 하는 그런 강연 말이죠. 바쁜 업무

중에 이곳에 와주신 여러분의 휴식 시간이 되어드리겠습니다. 하루하루 바쁘게 살고 계시는 직장인 여러분께는 이런 시간도 필요합니다."

재건의 목소리는 또렷했고 너무 느리거나 또 빠르지도 않았다. 편안함을 느낀 청중들의 얼굴에 웃음이 번지고 있었다.

"오늘 강연의 키워드는 콘텐츠죠. 자, 저는 글쟁이지만 여러분은 게임 회사 직원이시니까 홈그라운드에 맞춰서 게임으로 먼저 얘길 꺼내보겠습니다."

스크린 위로 다양한 게임의 로고 화면이 떠올랐다.

재건은 힐끗 돌아보며 들뜬 목소리로 말했다.

"저도 게임 엄청나게 좋아했습니다. 특히 RPG 장르요. 파판, 드퀘 등등 안 해본 게 없습니다. 북미 쪽 RPG도 좋아했지만 주력은 일본 쪽이었습니다. 그 이유는……."

재건의 손짓과 함께 화면이 전환되었다. 몸매의 굴곡이 여실히 드러난 아름다운 여성 캐릭터가 떠올랐다. 청중들이 일시에 웃음을 터뜨렸다.

"네, 미소녀 때문입니다. 저를 열병에 시달리게 만든 미소녀는 한둘이 아니어서 일일이 열거하기도 힘들어요. 좋아하는 미소녀를 주인공으로 삼아서 미친 듯이 글을 썼습니다. 콘텐츠로 만들어낼 수 있는 능력이 글밖에 없었거든요. 만화도 못 그리고, 그 어린 나이에 게임 프로그래밍을 한다는 건 더더욱 말이 안 되는 일이구요."

강연을 듣던 규호가 수희의 귀에 대고 나직이 말했다.

"강연 경험이 그다지 없다면서요?"

"네, 그러게 말이에요."

웃으며 답하는 수희의 눈은 단상 위로 고정된 채 움직일 줄을 몰랐다. 재건의 당찬 강연은 계속되고 있었다.

"지금도 음…… 3D라고 하죠? 현실의 예쁜 연예인이라든 가, 이런 쪽보다는 게임 속 미소녀에게 더 많이 눈길이 가는 것 같습니다. 꿈을 꿔도 꼭 같은 반 예쁜 친구가 아니라 미소 녀만 나와요. 미소녀에 정신이 팔려서 학창 시절엔 아예 현 실 여성분들에게는 일절 관심이 없었습니다."

이제 수희는 완전히 마음을 놓았다. 심심한 강연으로 직원 들이 하품을 터뜨리면 어쩌나 싶었던 마음은 기우였다.

"혹시 제가 좀 이상한가요? 어딘지 비정상적인 사람으로 보이시는 건 아니죠?"

재건의 질문과 함께 화면이 뒤바뀌었다.

"그래서 제가 가족사진을 준비해 봤습니다."

화면에 뜬 재건의 가족사진 앞에서 홀 전역이 웃음바다로 뒤덮였다. 수희 역시 품 하고 웃음을 터뜨리는 가운데 재건 이 진지하게 덧붙였다.

"보시다시피 저는 정상적인 한 가족의 구성원입니다. 절대 정신이 이상하거나 그런 사람이 아니구요. 네, 모두가 웃으셨네요. 저도 웃고 있으니 우리 모두가 형제입니다."

웃음의 뒤를 이어 다시금 박수갈채가 울렸다.

재건은 소리가 잦아들 즈음을 기다렸다가 말을 이었다.

"그래서 제 글을 쓸 때, 등장하는 여성 캐릭터를 조형하잖아요? 현실의 여자보다는 절 열병에 시달리게 만든 미소녀를 가지고 인물을 만들 때가 많았습니다. 특히 장르 소설을 쓸 때요. 이름은 바꾸고 좋아하는 성격만 남겨보기도 하고, 혹은 맘에 든 외모만 가져오기도 하고. 어떻게 써도 즐거웠고 줄기차게 썼습니다."

돌연 진중해진 표정의 재건이 청중의 한가운데로 팔을 뻗었다. 사무실 작가들이 십시일반으로 마련해 준 손목시계가 조명 아래 빛나고 있었다.

"저와 같은 분이 여기 많이 계실 겁니다. 작가가 될 거라고 생각지 못했던 저처럼 어쩌다 보니 좋아하는 게임을 업으로 삼게 된 분들 말입니다. 얼마나 계신지 손 좀 들어봐 주실 수 있을까요?"

3분의 1에 가까운 인원이 손을 치켜들었다.

재건은 그들 모두를 시야에 담고서 고개를 끄덕였다.

"자기가 좋아하는 취미 정도로 그친 게 아니고 실행을 하셨죠. 손 들어주신 분들은 대단한 분이십니다. 이미 창의적인 인생으로 세상을 바꿔가고 있죠. 모두가 더불어서…….”

수희는 고요해진 분위기 속에서 뒤를 돌아보았다. 적어도 그녀의 두 눈에 들어온 직원들은 하나같이 강연에 집중하고 있었다. 명치 위로 뿌듯함이 차올랐다.

‘멋있어, 재건아…….’

단상을 밝힌 조명보다 재건의 모습이 몇 배는 눈부셨다.

이 자리의 모든 사람 중에서 자신이 그와 가장 가깝다는 사실이 그녀의 가슴을 벅차오르게 만들었다.

BIG LIFE

즐거운 강연과 함께 시간은 빠르게 흘러갔다.

벌써 30분이 지났지만 재건은 지치지도 않고 열성적으로 말을 이어가고 있었다.

바로 그때.

끼이익.

닫혀 있던 홀의 한쪽 문이 열리면서 명훈이 슬며시 들어섰다. 귀가하던 와중 복도까지 울리는 환호성에 이끌려 들어온 참이었다.

“……저는 온갖 장르를 다 좋아해서 하재건이라는 본명 외에 풍천유라는 필명으로도 장르 소설을 쓰고 있습니다. 풍천유로 쓰는 장르 소설에서의 캐릭터는 보다 직관적이고 간단명료하게 조형하게 됩니다. 입체적인 캐릭터는 인간 그 자체죠. 하지만 자칫하면 이야기로의 몰입을 방해할 수도 있거든요. 예를 들면 이런 거죠."

재건이 땀에 젖은 이마를 훔치더니 손가락을 딱 하고 튕겼다.

"아주 죽을 만큼 잘못을 한 악당이 있다고 쳐요. 막 주인공 가족도 해치고 친구들도 해치고 앞길을 방해한 천인공노할 악당이요. 근데 알고 보니 얘도 불쌍한 놈이었다, 그럴 만한 과거가 있었다 하는 사연이 있는 거예요. 그럼 독자는 순간 어안이 벙벙해지죠. 아, 뭐지? 난 이제 어디다 대고 누굴 욕해야 되는 거야?!"

재건이 머리를 뒤헝클며 한껏 과장된 몸짓을 해 보였다.

공감한 청중들이 손뼉까지 치며 웃음을 터뜨렸다.

오직 명훈만이 두 눈을 부릅뜨고 있었다.

저렇게 자신감 넘치는 녀석이었던가.

좌중을 압도하고 있는 단상 위의 남자가 자신이 알던 그 남자와 동일인이 맞나 싶을 정도였다.

'이수희……?!'

수백 명의 청중 중에서도 단번에 알아볼 수 있었다.

흘러내린 긴 머리칼을 흔들며 손뼉을 치는 수희의 뒷모습이 보였다. 명훈은 무심코 손을 뻗었지만 닿을 리 없었다. 수희는 점점 더 멀어져가고만 있었다.

"네, 여보세요? 팀장님?"

울리는 목소리에 명훈이 옆으로 고개를 돌렸다.

네이빈 명함을 가슴에 찬 기자가 핸드폰에 대고 작게 말하고 있었다.

"특집으로 올려도 되겠는데요. 호응도 크고 내용이 재밌어요. 네, 그러니까요. 다음은 실시간으로 내보내고 있다는데 강연 뒤에 인터뷰 한번 해볼게요. 네네, 알겠습니다."

명훈은 어금니가 부서지도록 이를 악물고 돌아섰다. 그의 등 뒤에서 또 한차례 우레와 같은 박수가 폭발하고 있었다.

재건의 강연은 성황리에 종료되었다.

포털 사이트 다음에서 서비스된 실시간 중계 기사는 폭발적인 조회수를 이끌어 냈다.

동영상을 통해서 강연을 접한 네티즌들의 댓글은 밤새도록 끝없이 이어졌다.

—ㅋㅋㅋㅋㅋㅋㅋ 넘나 잼나는 것. 벌써 3번째 돌려 보는 중. 가족사진ㅋㅋㅋㅋㅋㅋㅋㅋㅋㅋㅋㅋㅋㅋ

-하재건 작가에게 이런 면이 있었을 줄이야. 말 잘하네! 덕밍 아웃은 덤이야!!! 〉_〈

-리얼 몰라볼 뻔;;;;; 인정? ㅇ. ㅇㅈ. 환골탈태 오지는 각이구연. 수트빨 지렸구연.

-저런 헤어스타일 하고 싶은데 뭐라고 하나요??? 그냥 미용실 가서 이 동영상 보여주고 하면 되나???

-지망생입니다. 재미있으면서도 유익한 내용이었습니다. 하재건 작가님. 언제나 응원합니다.

-님들 근데 박도준이랑 하재건 무슨 사인지 아시는 분? 도대체 박도준이 뭐가 아쉬워서 하재건한테 고개 숙였던 거임???

-어억ㅋㅋㅋㅋ 13분 41초부터 카메라 돌아갈 때 사인회 원피스녀 보임ㅋㅋㅋㅋㅋㅋㅋㅋㅋ 아, 지전 여신임ㅋㅋㅋㅋㅋㅋㅋㅋㅋㅋ

-바다가 있었다 사전 예약했어요! 빨리 왔으면!!!!

네이빈에서도 부랴부랴 강연 후의 취재를 곁들여 특집으로 기사를 내보냈다.

이곳 역시 재건의 다른 면모를 접한 독자들의 끝없는 댓글이 이어졌다. 재건의 이름과 그의 작품들은 각인이 된 것처럼 인기 검색어 상위권에서 떠날 줄을 몰랐다.

강연에 참석했던 넥션 직원들의 반응도 다르지 않았다.

하루가 지나고 이틀이 지났지만 아직도 재건을 입에 담으며 이야기꽃을 피우고 있었다.

"와, 무슨 작가가 그렇게 말이 청산유수냐?"

"진짜요, 과장님. 전 강연 들으면서 잘 생각이었는데 어느새 정신 차려 보니 끝나 있더라고요."

"저는 하재건이 풍천유인 거 첨 알았어요. 풍천유 소설 전부 다 봤는데 진짜 재밌거든요."

"그래? 하나만 추천해 줘봐. 무협도 있나?"

규호와 수희는 휴게실 한쪽 테이블에 마주앉아 커피를 마시고 있었다. 귓가에 파고드는 직원들의 대화를 들으며 규호가 중얼거렸다.

"반응이 좋네."

"네, 제가 봐도 그런 것 같아요."

수희가 미소로 말을 받았다. 규호는 창밖의 도심을 내다보며 한동안 말이 없었다. 그러더니 테이블 위로 손가락을 또드락거리며 무심한 척 묻는 것이었다.

"뭐가 제일 재밌습니까?"

일순 두 눈을 동그랗게 뜬 수희는 금세 의미를 알아듣고 대답했다.

"하 작가님 작품이라면 더 브레스 권해드려요. 판타지 소설인데 지금 진행되는 프로젝트와도 맞는 부분이 있고……."

규호가 손을 휘휘 내저었다.

"참고서 보려는 거 아니니까 재밌는 걸로 추천해 보세요."

"전부 다 재미있어요."

수희가 확신 어린 어조로 답했다. 진심이었고 과장도 아니었다.

규호는 무표정하게 고개를 주억거리고는 몸을 일으켰다.

"먼저 들어갑니다. 오 작가님 시나리오 들어오면 보시고 연락 줘요."

"네, 이사님. 들어가세요."

수희는 커피를 홀짝이며 희미하게 웃었다.

규호가 재건에게 관심을 두기 시작했음을 은연중에 느낀 까닭이었다. 창밖으로 비치는 하늘은 그녀의 맑은 마음처럼 구름 한 점 없이 푸르렀다.

46장
오디션이랍니다

"래프북스 권태원입니다. 아, MC 소프트에서 강연이요?"

"여보세요, 래프북스 신동미입니다. 자, 잠시만요. 어디시라고요? NG 전자요? 신입 사원 대상으로요?"

래프북스 사무실의 전화기는 잠시도 쉴 새가 없었다.

대기업을 비롯한 여러 업체에서 연일 강연 요청이 쇄도하고 있었다. 일일이 전화를 받는 것만도 일이었다.

"감사합니다, 래프북스 정소미 대리입니다. 아아, 네. 삼송 벤처투자요. 우선 성함과 연락처를 알려주시면 하재건 작가님의 일정을 살펴본 다음 다시 연락을 드리겠습니다."

소미는 어깨와 귀 사이에 수화기를 끼운 채 부지런히 타자를 두들겼다. 도대체 몇 군데에서 요청이 왔는지 셀 수도 없을 지경이었다.

"정말 줄기차게 오네요. 하 작가님 몸이 10개라도 전부 못 해내실걸요?"

"이거 진짜, 전화만 받을 직원을 따로 구해야겠는데."

전화통에 불이 나는 상황은 웅성 미스터리움도 엇비슷 했다.

이쪽으로는 특히 방송 쪽의 섭외 요청이 많았다.

라디오 및 교육 방송 교양 프로그램, 심지어 건강 및 생활 정보 프로그램에서도 명석에게 연락을 해왔다. 베스트셀러 작가의 능숙한 언변을 보고 방송에 내보내도 먹힐 것이라 판 단한 것이다.

그러나.

재건은 태원과 명석을 통해 들어오는 모든 요청을 고사할 수밖에 없었다.

몸은 하나고 해야 할 중요한 일은 따로 있었다.

"네, 죄송합니다. 아직 바다가 있었다 시나리오도 완성되 지 않았고요. 한두 달 정도는 하던 것만 집중하고 싶습니다. 네네, 알겠습니다. 권 대표님도 식사하세요."

전화를 끊은 재건은 가벼운 한숨을 내쉬며 창밖을 내다보 았다.

옆자리에서 책을 읽고 있던 도준이 물었다.

"이제 강연 안 하게? 잘하던데 왜?"

"그날 끝나고 기력 완전히 소모된 거 기억 안 나? 네 도움으로 한 번은 요행히 넘겼지만 또 그럴 수 있을 자신이 없다."

"아이디어 몇 개 제공해 준 거 말고 내가 뭘 도와줬다고. 네가 원래 자질이 있었던 거지. 근데 이놈의 길은 왜 이렇게 막혀? 형, 그냥 갓길로 치고 나가 버리자."

"그래, 운전해 줄 다른 매니저는 구해 놨지?"

차는 '바다가 있었다' 오디션 장소로 향하는 길이었다.

원작자인 재건은 감독의 배려로 배우 심사 자격을 갖추고 동승한 참이었다.

"이번 것도 재밌다, 야."

도준이 문득 읽던 책을 살짝 들며 중얼거렸다. 사전 예약으로 구매한 '바다가 있었다' 소설이었다.

"서점에는 내일부터 풀린다 그랬나?"

"어, 내일 아니면 늦어도 모레."

"소설로 보니까 조강재 심리가 더 이해가 잘 가네. 멘탈 죽인다. 내가 장담하는데 이거 스무 살의 여름 이상으로 나간다."

"손해만 안 나면 다행이다. 이번엔 좀 부담스러워. 소설 판매량 나오기도 전에 영화화부터 결정돼서."

"잘될 거야. 채린이도 벌써 다 읽었는데 재밌다고 난리도 아니다. 너 요즘 애플티 멤버들이 더 브레스랑 오스카 읽고 있는 거 아냐?"

"그래? 신기하네. 더 브레스는 좀 많이 무거운데."

드르륵!

도준의 핸드폰이 울리며 대화가 끊겼다.

액정으로 이름을 확인한 그는 바로 전화를 받았다.

"네."

-안녕하세요, 저 김나연이에요. 지금 오디션 보러 왔는데 어디 계신가 해서요…….

"가고 있으니까 이쪽에 신경 쓰지 말고 준비나 잘해요. 지정 대본 안 받았어요?"

-네…… 받았어요.

"대기하는 동안 그거나 빡세게 연습하고 있어요. 세상 날로 먹는 거 하나도 없으니까."

-알겠습니다. 이따가 뵐게요.

도준이 전화를 끊었다. 동시에 신호가 풀리면서 교통 체증이 해소되었다. 오래도록 멈춰 있던 밴은 다시금 속도를 높였다.

이윽고 밴은 오디션이 진행되는 건물 지하 주차장에 도착했다. 차에서 내린 재건에게 도준이 말했다.

"먼저 올라갈래? 나 매니저 형이랑 얘기하고 통화 좀 하고 올라갈게."

"그래, 이따 봐."

재건은 홀로 엘리베이터에 올라 5층 버튼을 눌렀다. 거울에 비친 자신의 모습을 점검하며 그는 심호흡을 했다.

'특별히 내가 할 건 없겠지.'

배우의 연기를 분석하는 예리한 안목 따위도 없다.

참석한 이유는 오로지 새로운 경험을 위해서였다. 이제부터 접하게 될 오디션 현장은 언제고 소설에 써먹을 수 있는 양분이 되어줄 테니까.

띵!

5층에 도착한 엘리베이터 문이 열렸다.

가장 먼저 보인 건 벽에 붙은 오디션 장소 안내문이었다.

길게 이어진 복도를 지나 모퉁이를 돌자 대기실이 나타났다. 오디션에 참가하려는 사람들로 바글바글했다.

'눈에 익은 사람이 많네.'

여러 TV 프로그램에서 스치듯이 보았던 낯익은 얼굴이 많았다. 이미 연예계에 몸담고 있으면서도 오디션을 보러 온 사람이 부지기수였다.

재건은 빈 의자를 발견하고 털썩 몸을 앉혔다.

열린 대기실 문 너머로 한 여자가 보였다. 핫팬츠를 입은 다리를 꼬고서 껌을 질겅질겅 씹고 있었다.

재건은 여자가 누구인지 단박에 알아보았다. '스무 살의 여름'에서 이예지 역을 맡았던 보라였다.

'너는 오디션 안 봤으면 좋겠다.'

재건이 속으로 중얼거렸다.

무례하기 짝이 없는 언행 때문만은 아니었다. 연기자의 본분인 연기라도 제대로 해내면 용서가 될 텐데 거기부터 엉망진창이었다.

'스무 살의 여름'에서 속칭 '발연기'로 유일하게 욕을 먹은 배우가 바로 보라였다.

"하 작가님, 왜 여기 앉아 계세요?"

화장실에 가려고 나왔던 태성이 재건을 발견하고 말을 건넸다.

"안녕하세요, 감독님."

"이제 곧 시작하니까 들어가세요. 제일 왼쪽 자리에 앉으시면 됩니다."

"네."

횡으로 긴 테이블의 가장 왼쪽에 재건이 몸을 앉혔다.

인물 담당 조감독과 감독, 그리고 캐스팅 매니저가 나란히 자리를 잡았다.

"이제부터 오디션이 시작됩니다. 대략 15분 단위로 진행되고요. 호명된 분은 들어오시면 됩니다. 그럼 먼저, 이정택 씨."

오디션이 시작되고 첫 참가자가 방으로 들어섰다.

20대 초반으로 보이는 참가자는 긴장한 기색이 역력했다.

지정된 대본 연기도 여러 번 더듬었고 조감독과 주고받는 연기에서도 실수를 거듭했다.

"달리 특기는 없나요?"

"아, 네……. 제가 오늘은 미처 준비를……."

"수고하셨어요. 다음 분 들어오시라 그래."

태성이 매의 눈을 빛내며 생수를 한 모금 마셨다.

탈락을 직감한 첫 참가자가 양어깨를 축 늘어뜨린 채 퇴장했다. 그 뒤로 온몸이 나무토막처럼 굳은 두 번째 참가자가 들어섰다.

'세상에 쉬운 일이 하나도 없구나.'

계속되는 오디션을 접하면서 재건은 속으로 혀를 내둘렀다.

모두가 최선을 다하고 있었지만 항상 결과가 좋은 것만은 아니었다. 연기 도중에 태성의 손짓과 함께 퇴장당하는 참가자도 많았다. 그럴 때마다 재건은 안타까움을 금할 수가 없었다.

'다슬 씨도 어디선가 오디션을 받았을까?'

문득 다슬의 얼굴이 눈앞에 그려졌다.

엄마를 찾기 위해 연예인이 되고 싶다던 그녀는 당당한 모습으로 되돌아오겠다는 말과 함께 자취를 감췄다.

본명도 모르고 행방마저 묘연해진 그녀가 지금 이 순간 무척이나 근심스러워지는 재건이었다.

"다음은…… 보라? 그 보라 맞아?"

태성의 목소리가 재건을 상념에서 깨웠다.

돌아보니 태성은 분개한 듯이 양 광대마저 파르르 떨고 있었다.

"시간 낭비하지 말고 보내."

"JQ 엔터 대표가 전화까지 해왔어요. 잘 좀 부탁드린다고. 얼굴이나 한번 보세요."

"빌어먹을."

결국 문이 열리고 보라가 들어왔다. 보라는 두 손을 앞으로 모으고 심사 위원들에게 한 번씩 허리를 숙여 인사했다.

이윽고 재건과 시선이 마주치자 그녀는 몸을 흠칫 떨었다.

'누구더라? 어디서 봤는데.'

보라는 헤어스타일에서부터 분위기가 확연히 달라진 재건을 알아보지 못했다. 고개를 갸우뚱거리는 그녀에게 조감독이 지시했다.

"거기 바닥에 표시된 곳으로 가시고요. 지정 연기랑 자유 연기 연달아서 해보세요."

보라의 연기가 시작되었다. 슬픈 감정을 억누르고 연인에게 이별을 고하는 상황이었다.

"착각하지 마. 나 당신 한 번도 좋아한 적 없어. 내 안에 당신이란 사람, 한 번도 들어온 적 없어. 내 삶에 수없이 스쳐 간 남자들 중 한 사람일 뿐이야. 우린 서로 외로웠던 찰나에 서로를 만나서 즐겼고, 그걸로 끝이야."

태성이 이유도 없이 손목을 들고 시계를 보았다.

조감독은 한쪽 발로 바닥에 떨어진 쓰레기를 밀어내고 있었다. 보라의 연기가 그들의 예상에서 한 발짝도 벗어나지 않았기 때문이었다.

'무슨 연기를 이렇게 하지?'

당황스러운 건 재건도 마찬가지였다.

스크린을 통해 접했던 것보다 훨씬 엉망진창이었다.

시선 처리는 불안정했고 잔뜩 일그러진 표정에서는 슬픈 마음을 억제하는 감정이 전혀 느껴지지 않았다. 국어책을 읽는 듯한 목소리도 연인에게 이별을 고하는 건지 쓰레기 배출 안내 방송을 하는 건지 분간이 가질 않았다.

"이제 다시는 당신과 만날 일이 없을 거야. 그러니까……."

"네, 고생하셨어요."

태성이 더 보지 못하고 손을 뻗으며 연기를 끊었다.

보라는 놀라서 허리를 꼿꼿이 펴고 섰다.

"저기, 감독님. 저 춤이랑 다른 것도 준비해 왔는데요."

"죄송하지만 춤은 다음에 보도록 하겠습니다."

보라의 만면에 경련이 일었다. 입술을 깨물며 돌아서는 그녀의 등 뒤에 대고 재건은 무심코 안도의 한숨을 내쉬었다.

태성에게 더없는 고마움마저 느껴졌다.

"20분만 쉬었다 합시다."

재건은 오디션 현장 반대쪽에 마련된 휴게실로 가서 시원한 음료수로 목을 축였다.

얼마 뒤 문이 열리며 울상이 된 보라가 핸드폰을 귀에 댄 채 들어왔다.

"완전 짜증 나! 준비한 것도 못 하고 쫓겨났단 말이야! 아, 몰라! 어떻게 나한테 이래?! 대표님이 말 잘 해준 거 맞아?!"

재건은 슬그머니 자리에서 몸을 일으켰다. 어떤 쪽으로든 보라와 얽히고 싶지 않았다. 그러나 손을 뻗어 문고리를 잡은 순간, 이어지는 말이 그의 발길을 묶었다.

"영화 수준 알 만해. 별 개떡 같은 연놈들 다 왔더라? 대기실 보니까 룸에서 술 팔던 년도 왔던데? 김나연인가? 노래방 도우미도 했었대. 누구한테 듣긴, 우 감독님이 얘기해 줬지."

"……?!"

재건의 얼굴에서 핏기가 가셨다.

떨어진 시야 속에서 양 무릎이 부들부들 떨리고 있었다.

'그럴 리가…….'

세상은 넓고 사람도 많다.

당연히 내가 아는 그녀일 리가 없다.

그녀가 정말로 이곳에 오디션을 보러 왔을 턱이 없다.

'……김나연이라고?'

끼이익!

급기야 재건이 문을 힘차게 열어젖혔다.

대기실 입구가 눈앞으로 확대되고 있었다.

"재건아, 어디 가?"

엘리베이터에서 막 내린 도준이 불렀다.

하지만 재건은 듣지 못했다. 온 신경이 지금 다가가고 있는 대기실에만 쏠려 있었다.

이윽고 발길이 활짝 열린 문턱을 넘었다.

'……?'

대기실 안에는 20명 남짓의 오디션 참가자가 머무르고 있었다. 곳곳에 자리를 잡고 앉아서 음악을 듣거나 대본 연습을 하는 중이었다.

재건은 빠르게 그들의 얼굴을 돌아보았다.

어디에도 자신이 생각했던 얼굴은 보이지 않았다.

뒤를 이어 대기실 바깥의 복도를 이리저리 둘러봤지만 마찬가지였다.

'김나연이 누구야?'

재건은 보라가 잔뜩 흥을 보던 여자를 찾아 참가자들의 명찰을 하나하나 살폈다.

그런 끝에 '김나연'이라는 세 글자의 이름을 발견했다.

'이 여자였나……?'

재건은 열심히 대본 읽고 있는 나연을 가만히 응시했다.

나이는 20대 초반일까. 참가자들 중에서도 유독 눈에 뜨일 만한 미모를 지닌 여자였다.

"하……."

어쨌든 재건은 맥이 풀려 쓴웃음을 지었다.

자신이 생각했던 여자는 아니었다. 안도의 한숨 속으로 아이러니하게도 야릇한 안타까움마저 배어 나왔다.

'그래…… 세상이 얼마나 넓은데. 다슬 씨가 여기에 나타날 거라고 생각했다는 게 참.'

재건은 자조하듯이 고개를 가로저었다.

그의 등 뒤로 도준이 나타나 어깨를 두드렸다.

"왜 쌩까고 그냥 가냐?"

"언제 올라왔어?"

"좀 전에. 엘리베이터 앞에서 불렀는데 그냥 지나가더라.

아, 나 뒷머리 좀 봐 줘. 차에서 눌린 거 같아서."

도준이 재건에게 머리를 들이대며 스스럼없이 말을 이었다.

순식간에 대기실 참가자들의 이목이 도준에게로 집중되었다. 출연하고 싶은 영화의 주연이니 어찌 보면 당연한 관심이었다.

특히 여성 참가자들의 반응이 강렬했다. 다들 주체할 수 없는 미소를 만면에 담고서 한껏 얼굴을 붉히기까지 했다.

나연도 다르지 않았다. 대본을 보는 척하면서도 곁눈으로는 도준을 살피기 바빴다. 말을 걸 수는 없었다. 가능하면 사람들 앞에서 아는 체를 하지 말라던 도준의 얘기가 있었기 때문이다.

'근데 저 사람은 누구지?'

어느덧 나연의 시선이 재건에게로 옮겨갔다.

도준과 친구처럼 편안히 말을 나누는 남자의 정체는 뭘까.

생김새는 준수했고 옷차림도 깔끔했지만 연예인이라는 인상은 느껴지지 않았다.

'매니저인가?'

다른 참가자들도 나연의 의문스러운 심정을 공감하듯 재건을 몰래 훑어보고 있었다.

그러던 중 한 참가자가 자리에서 슬그머니 일어섰다.

"저기…… 죄송한데요."

"네?"

도준의 헤어스타일을 봐 주던 재건이 고개를 돌렸다.

30대 초반의 풍채 좋은 남자가 눈앞에 구부정한 자세로 서 있었다.

"저한테 말씀하신 건가요?"

"네, 그게 저…… 하재건 선생님 맞으십니까?"

재건은 대답에 앞서 머쓱하게 웃었다. 오디션 현장에서 작가가 아닌 선생님이란 호칭을 듣게 되니 유난히 쑥스러운 기분이 들었다.

"네, 저 맞습니다."

"아, 역시……! 긴가민가했습니다. 예전과 모습이 많이 달라지셔서 바로 알아보질 못했습니다. 저는 선생님의 작품이 좋아서 이 오디션에 참가한 사람입니다."

남자의 말에 재건을 향한 몇몇 참가자의 시선이 더욱이 또렷해졌다. 이들 역시 재건의 작품에 매혹돼서 오디션을 보러 온 참이었다. 대부분의 참가자처럼 각자의 연기 아카데미 혹은 소속사의 일정에 떠밀려서 온 경우가 아니었던 것이다.

'저 사람이 하재건 작가였다고?'

'어쩐지 낯익었어! 아, 내가 먼저 말 걸어볼걸!'

재건의 정체가 뭔가 싶었던 의문은 모두의 뇌리에서 눈 녹

듯이 사라졌다. 그 빈자리에 오롯이 샘솟는 감정은 동경과 선망이었다.

"저는 조원준이라고 합니다."

덩치 큰 남자가 탄성 어린 음성으로 말을 잇고 있었다.

"선생님 작품들 정말 즐겁게 읽었습니다. 멍청한 여자에서부터 90년대 소년, 스무 살의 여름까지 5번 이상씩 독파했습니다. 바다가 있었다도 사전 예약으로 구매해서 벌써 다 읽었습니다."

"정말 고맙습니다."

"바다가 있었다는 무한 감동이었습니다. 특히 조강재가 기어이 바다를 구하려고 서울로 향하던 고속버스에서 뛰어내리는 장면에선 하……! 제가 생긴 건 이리 곰 같아도 눈물이 많은 편이거든요. 밤새도록 울면서 봐서 눈이 이렇게 부었습니다."

남자가 자신의 눈꺼풀을 손가락으로 까뒤집어 보였다.

재건은 미안한 듯이 웃으며 두 손을 앞으로 모았다.

"이거 괜히 죄송해지네요. 제가 감독님께 눈의 붓기에 대해서는 양해해 달라고 요청을 드리겠습니다."

재건의 농담에 남자도 덩치에 걸맞은 커다란 웃음을 터뜨렸다.

그러더니 일시에 진중한 표정이 되어 말하는 것이었다.

"저는 김판호 배역을 꼭 따내고 싶어서 오디션에 참가했습니다."

"아, 네. 김판호요. 저도 쓰면서 정말 좋아했던 인물입니다."

재건이 고개를 끄덕이며 말을 받았다.

새삼스레 눈앞의 남자를 보니 스스로 생각했던 김판호와도 인상이 들어맞았다.

김판호는 조강재의 심복으로 출연하는 인물이다. 조강재를 향한 의리와 가난한 가족에 대한 걱정 사이에서 번민하는 역할로 비중도 제법 높은 편이었다.

"자신은 없지만 최선을 다해보려고 합니다. 그래서 말인데요. 저, 자유 연기 때 김판호가 조강재를 습격하는 부분을 연기해 보고 싶어서요. 선생님께서 생각하신 이미지라든가, 김판호의 심리라든가 조언 좀 부탁드릴 수 있을까요?"

"조언이요? 으음…… 글쎄요."

재건은 곤혹스러운 기색으로 말끝을 흐렸다.

김판호라는 인물을 창조해 낸 것은 맞지만 어디까지나 텍스트 안에서다. 연기를 위해 조언할 부분은 딱히 떠오르는 게 없었다.

바로 그때, 또 다른 여성 참가자가 수줍은 미소로 다가와 연이어 말을 붙였다.

"선생님, 저는 바다 친구 은희 역할을 해보는 게 목표예요. 은희가 안 되면 미자라도요. 제게도 조언 좀 주실 수 있을까요?"

"아, 그게요. 제가 아무리 생각해도 저는 연기에는 문외한이라서 통……."

대답이 끝나기도 전에 또 한 사람의 참가자가 끼어들었다.

"선생님, 저도 마스크 좀 봐 주세요. 저는 어떤 배역이 어울릴 것 같으세요?"

재건은 진땀이 날 것 같은 표정이 되어 도준에게 구원의 눈빛을 요청했다.

하지만 도준은 캔 커피를 홀짝이며 외면하고 있었다. 입가에는 이 광경을 즐기는 듯 짓궂은 미소가 걸려 있었다.

"자, 휴식 시간 끝났습니다. 아, 도준 씨도 오셨네요."

"안녕하세요, 조감독님. 잘 되어가세요?"

"하하, 끝나고 얘기합시다. 하 작가님, 어서 들어오세요."

"네, 지금 갑니다."

재건은 조감독의 구원을 받아 가까스로 대기실을 벗어났다.

오디션이 진행되는 방으로 돌아와 자리에 앉자마자 호명된 다음 참가자가 안으로 들어왔다.

"김나연 씨?"

"네, 맞습니다."

재건이 고개를 들었다.

평범한 회색 스웨터에 청바지를 입은 나연이 카메라 옆에 서 있었다. 수수한 옷차림은 단점이 되기는커녕 그녀의 미모를 돋보이게 만드는 도구가 되어주고 있었다.

감독 태성이 신청서를 들여다보며 질문했다.

"보니까 작년까지 아카데미에서 연기 수업을 받으셨네요?"

"네, 일 년 반 정도요."

"왜 그만두셨어요?"

"그게…… 가정 형편 때문에요."

"지금 보니까 숫기가 되게 없어 보여요. 잘하실 수 있겠어요?"

나연은 목울대를 울리면서도 고개를 힘차게 끄덕였다.

태성의 손짓과 함께 그녀의 연기가 차례차례 펼쳐지기 시작했다.

'……잘하네?'

재건의 두 눈에 놀라움이 어리고 있었다.

외모가 출중하면 연기력이 낮다는 세간의 표현은 역시 선입견일까. 슬픔과 기쁨을 번갈아 표현해 내는 나연의 연기는 상당히 능숙했다.

재건은 다른 심사 위원들의 반응은 어떤지 궁금해서 슬쩍 옆을 돌아보았다. 감독부터 모두가 무표정해서 무슨 생각을 하는 건지 읽어낼 수가 없었다.

'아까 그 발연기를 봐서 상대적으로 잘한다고 느껴지는 건지도 모르겠군.'

연기에 문외한인 재건은 이 정도로 자신의 감상을 마무리했다. 이윽고 모든 연기가 끝이 났고 나연은 인사한 뒤 방에서 나갔다.

"체크해."

나연이 방에서 나가자마자 태성이 말했다. 인물 조감독은 고개를 끄덕이며 나연의 서류에 동그라미를 쳤다.

재건은 자신만의 착각이 아니었다는 사실에 속으로 조금은 뿌듯했다.

'우 감독에게 들었다고 했지……?'

다음 참가자가 들어와 연기를 펼치고 있는 사이.

재건은 휴게실에서 들었던 보라의 말을 되새기고 있었다.

나연이란 여자가 술집 출신이라는 사실을 우 감독으로부터 들었다고 분명히 말했다. 그 부분이 묘하게 마음에 거슬리는 재건이었다.

그와 같은 시각.

오디션을 마친 나연은 내려가는 엘리베이터에 몸을 싣고 있었다. 전력으로 연기한 탓에 한 줌의 기력도 남지 않았다.

'괜히 나왔나······.'

도준의 연락을 받고 오디션을 받긴 했지만 마음이 무척 심란했다.

형편이 어려워서 연기를 그만두고 유흥에 발을 들이밀었는데 다시 연기라니. 세상만사가 뒤틀린 느낌마저 들었다.

드르륵!

주머니의 핸드폰이 몸을 떨었다.

룸메이트 동생으로부터 걸려온 전화였다.

나연은 한숨을 쉬고는 핸드폰을 귓가로 가져갔다.

"응."

─나연 언니야! 오디션 잘 봤어?

"모르겠어. 이상하게 한 것 같기도 하고."

─잘될 거야. 언니는 예쁘기만 한 게 아니라 기본기도 탄탄하잖아. 오늘은 간만에 외식해. 고기 먹자, 고기!

"너 식당 알바는 어떡하고?"

─오늘 비번이야. 언니 미리 오디션 합격 축하해 주려고 바꿨지. 막 이래? 헤헷.

활기찬 목소리에 나연은 지친 얼굴로나마 한줄기 미소를 그리고 있었다.

"알았어, 금방 들어갈게. 너도 같이 왔으면 좋았을걸. 박도준도 왔더라."

─와, 진짜? 진짜? 나도 갈 걸! 진짜 키 커? 프로필 키 맞아?

"응, 진짜로 커. 얼굴 보고 얘기하다간 목 디스크 걸리겠더라. 아, 그리고 원작 소설 쓴 사람도 왔었어. 하재건."

─…….

"둘이 친구였나 봐. 되게 친하던데?

─…….

"여보세요? 내 말 안 들려?"

─으응, 언니야. 미안, 여기 지하라서 그런지 갑자기…….

"그래, 그럼 만나서 얘기하자. 이따 봐."

나연이 전화를 끊었다.

곧이어 엘리베이터 문이 열렸다. 그녀는 햇살 쏟아지는 세상 밖으로 걸음을 내디뎠다.

47장
그래도 형이라고

[하재건의 신작 '바다가 있었다' 가파른 상승세. 전작 '스무 살의 여름'보다 2배에 가까운 경이로운 속도의 판매량]

['바다가 있었다' 출간 나흘 만에 반디 앤 루니아 베스트셀러 8위 안착]

[출간 이전부터 영화화가 결정된 '바다가 있었다', 이번에도 하재건 월드의 주인공은 박도준]

[웅성출판 그룹, 신인 감독에게 과감히 40억의 제작비 출자]

"이번에도 대박 확정이네."

부천의 작가 사무실.

민호와 은영은 나란히 소파에 앉아 나른한 오후의 휴식을 즐기고 있었다.

민호는 자신의 핸드폰으로 기사를 보는 중이었고 은영은 TV로 연예 소식 프로그램을 시청하는 중이었다.

"초반 반응이 2배면 정말로 200만 부 이상 팔릴 수도 있겠다. 와, 그럼 대체 인세가 얼마야?"

"어마어마하겠지? 상상도 안 돼. 어머, 형. 박도준 나왔다."

은영이 민호의 어깨를 때리며 말했다.

TV 속에서 '바다가 있었다' 촬영을 앞둔 도준의 인터뷰가 진행되고 있었다.

기자는 영화에 관한 온갖 질문을 한 끝에 재건에 대해 묻고 있었다.

"압구정 로데오에서 찍힌 하재건 작가와의 사진이 SNS에서 상당히 화제가 됐었는데요. 두 분이 어떤 사이신지, 왜 그런 일이 있었는지 등등에 관해 여러 가지로 팬 여러분이 궁금해하고 계십니다. 그에 관련해 뭔가 하실 말씀이라도?"

도준이 특유의 시큰둥한 표정으로 콧등을 살짝 울리고는 대답했다.

"한참 전에 모 라디오 방송에 출연한 적이 있어요. 그때 대기실에서 우연히 만나 알게 됐죠. 배울 점이 많은 사람이에요. 성향도 맞아서 좋은 친구가 됐습니다."

등 뒤의 스크린으로는 재건의 프로필 사진이 삽입되고 있었다.

민호와 은영은 신기하고도 즐거워서 어깨를 들썩이며 깔깔거렸다.

"박도준 씨는 확실히 실물이 더 멋있는 거 같아."

"또 작가 사무실 놀러 왔으면 좋겠어?"

"뭐야, 형? 혹시 질투하는 거야?"

"질투는 얼어 죽을. 그것도 어느 정도 수준이 돼야지. 커피 마실래?"

"응, 땡큐. 근데 연우 애는 바람 좀 쐬고 오겠다던 애가 왜 이렇게 늦어? 전화해 볼까?"

민호가 무거운 한숨을 내쉬며 고개를 가로저었다.

"찾지 마라. 힘들 땐 혼자 시간도 보내고 그러는 거지, 뭐."

"항상 밝던 애가 우울해하니까 기분이 영 안 나."

"그러다 다시 일어설 거야."

말은 그렇게 해도 민호 역시 걱정이 작지 않았다.

연우는 지금 작가가 된 이후 최초의 시련을 겪는 중이었으니까.

민호와 은영도 한 번씩은 거친 길이었다. 다른 누가 도와줄 수 없는 부분이라는 걸 잘 알고 있었다.

"너 진짜 안 들어가도 돼?"

"내일까지 프리하다니까. 여기 완전 내 스타일이다. 애플 티 애들 좀 불러도 되냐?"

따악!

도준이 큐대로 당구공을 강타하며 대답했다.

재건의 집 지하에 마련된 휴게실이었다.

이제는 공사가 끝나서 제법 구색을 갖춘 공간이 되었다.

도준은 벌써 몇 시간 동안 이곳에서 떠날 줄을 모르고 있었다.

"이리 와. 나랑 같이 한 게임 쳐."

"나 당구 잘 못 쳐."

"형이 봐주면서 칠 테니까 걱정하지 말고. 너 50만 놔. 나 200 놓을 테니까."

"쓰리 쿠션도 빼주냐?"

"인간적으로 너무 날로 먹는 거 아니냐, 그건?"

드르륵!

바 위에 올려두었던 핸드폰이 진동했다.

재건은 큐대를 들고 그리로 가 전화를 받았다.

"여보세요."

─안녕하세요, 하재건 씨 되십니까? 여기 가산 파출소인데요.

"네? 파출소요?"

도준이 큐대를 거두고 돌아보았다. 재건은 심각한 얼굴로 '네'라는 대답만을 반복하더니 전화를 끊었다.

"무슨 일이야? 파출소라니?"

"연우가 술 마시고 뻗었나 봐."

겉옷을 챙겨 들며 재건이 답했다.

"금방 올 테니까 혼자 좀 있어."

"같이 안 가줘도 돼?"

"우주 대스타께서 뭔 찌라시를 만들어내고 싶어서? 리카 부탁한다."

홀로 차에 오른 재건은 즉시 내비게이션에 목적지를 입력하고 액셀을 밟았다.

파출소는 그다지 멀지 않았다. 애초에 부천 소재의 작가 사무실과 재건의 집 사이에 놓인 지역이었다.

"······."

차를 세우고 파출소에 들어선 재건은 경찰에게 인사를 하는 것조차 깜박하고 멍하니 섰다.

연우가 긴 의자에 모로 픽 쓰러져 있었다. 입을 반쯤 벌린 채로 물에 빠진 사람처럼 허우적거리는 게 가관이었다.

"하재건 선생님이십니까?"

또랑또랑한 목소리에 재건이 돌아보았다.

20대 후반으로 보이는 여성 경찰이 자리에서 일어서고 있었다. 골격이 다부지고 눈매가 날카로운 게 과연 경찰도 아무나 하는 건 아니라는 생각이 드는 인상이었다.

재건은 지은 죄도 없는데 몸이 움츠러드는 것을 느끼며 대답했다.

"맞습니다. 고생이 많으세요. 이게 어떻게 된 겁니까?"

"보시다시피 술을 잔뜩 드시고 길바닥을 침대 삼아 주무시고 계셨습니다. 저~ 기 편의점 앞에서요."

여경이 파출소 창밖 한쪽을 손으로 가리켰다.

그녀의 말마따나 바로 길 건너편에 편의점 하나가 보였다. 파출소를 코앞에 두고 만취하도록 마시다가 쓰러졌단 얘기다.

"어머님께 연락을 드렸는데 바빠서 올 수 없다고 알아서 처리해 달라는 대답만 돌아와서요. 핸드폰 최근 통화 목록을 찾아보니 하재건 선생님뿐이더라고요."

"아, 네."

가족과의 사이가 좋지 못한 걸까. 가정 상황에 대해서는 물어본 적도 없고 들은 바도 없었다.

재건은 여전히 정신을 차리지 못하는 연우를 애틋하게 바라보았다. 버림받은 한 마리 강아지 같아서 애처롭기 짝이 없었다.

"신분증 드리면 됩니까?"

"네, 그리고 이거 작성 부탁드립니다."

재건은 자신의 신원을 기입하고 날인까지 끝낸 다음 펜을 내려놓았다. 연우를 데리고 돌아갈 일만 남은 그에게 여경이 말을 붙였다.

"항상 선생님을 응원하고 있습니다."

"네?"

뜬금없는 소리에 반문하는 재건 앞에서 여경은 주먹을 불끈 쥐어 보이고 있었다.

"파출소에 들어오신 순간부터 알아봤습니다. 스무 살의 여름에서 보여주신 진정한 경찰의 모습, 이 고선영 경장 가슴 깊이 새겼습니다. 저도 소설에 나오는 형사와 경찰들처럼 진정한 민중의 지팡이가 되기 위해 분투하겠습니다."

굳센 기개가 넘쳐 나는 여장부의 감상이었다.

재건은 가슴 깊이 감동해서 입가에 웃음을 머금었다.

"사인을 받지 못해서 아쉽습니다. 이렇게 선생님을 뵙게 될 줄 알았다면 책을 가져오는 건데 말입니다."

여경은 진심으로 아쉬워하는 기색이었다.

재건은 잠시 생각한 끝에 빙긋 웃으며 말했다.

"잠시만 기다리세요."

"네?"

재건은 주차된 차로 돌아가 트렁크의 박스 안에서 책 한 권을 집었다. '바다가 있었다' 증정본이었다. 귀찮아서 꺼내지 않고 놔뒀던 게 다행이었다.

"신작입니다. 괜찮으시다면 여기에 사인을 해드릴까요?"

"어머나, 근무하느라 아직 못 사고 있었습니다."

여경이 처음으로 환한 미소를 보였다.

재건은 앞날개를 펼쳐 책의 첫 장에 사인을 한 다음 그녀에게 건넸다. 그녀는 책을 가슴에 안아 들며 좋아했다.

"평생 보물처럼 간직하겠습니다. 고맙습니다."

"저야말로 고맙습니다. 덕분에 동생 무사히 데려갑니다."

재건은 여경과 다른 경찰의 도움을 받아 연우를 부축해 차에 실었다.

시동을 걸며 백미러를 힐끗 쳐다보니 여경은 아직도 그곳에 서 있었다. 그녀 덕분에 작가로서 또 한 가지를 실감했다. 같은 글도 읽는 사람에 따라 천차만별로 다르게 받아들여질 수 있다는 사실을.

"너한테 고마워해야 하는 건가."

곯아떨어진 연우가 대답할 수 있을 리 없었다.

재건은 쓸쓸히 웃으며 핸들을 잡았다.

미끄러지듯 나아간 차가 도로 속으로 섞여들었다.

BIG LIFE

창틈으로 아침햇살이 파고들었다.

"으으으……!"

연우가 신음을 흘리며 두 눈을 가늘게 떴다.

지독한 숙취로 머릿속이 쿵쾅거렸다.

목젖이 따가운 걸 보니 구토까지 했던 모양이지만 기억엔 없었다.

'뭐야, 여기 어디야?'

침대에서 상체를 일으킨 연우는 놀라서 주위를 두리번거렸다. 처음 보는 풍경의 방이었다. 그는 바닥에 깔린 와인 빛깔의 융단, 2인용 소파와 원형 테이블에 이어 벽걸이 TV까지 하나하나 눈에 담으며 일어섰다.

끼이익.

문을 열고 바깥으로 나서자마자 낯익은 거실이 펼쳐졌다.

그곳의 소파에는 재건이 앉아 책을 읽고 있었다.

"정신 좀 들어?"

"형, 이게 어떻게 된 거예요?"

"어떻게 되긴. 길바닥에서 쓰러져서 자고 있던 걸 경찰이 파출소로 모셨고, 내가 다시 파출소로 가서 널 이리로 모셨다."

"아아……! 아, 형……! 진짜 죄송해요."

연우가 일그러진 얼굴로 이마를 싸맸다.

지끈거리는 머릿속에서 잃어버린 기억이 하나씩 되살아나고 있었다.

"제가 원래 막걸리를 마시면 이러거든요. 게다가 어제 시작을 소주로 하고 그다음에 막걸리로 짬뽕을 하는 바람에…… 아……. 재건이 형, 정말 죄송해요. 안 그래도 시나리오 때문에 정신없으실 텐데 저 때문에 아……."

재건이 책을 내려놓고 일어섰다. 그러고는 연우에게 다가가 어깨를 다독이며 나직이 말했다.

"사람이 힘들면 그럴 수도 있지."

"형……."

"밥 먹으러 가자."

재건이 돌아서서 지갑을 챙겨 들었다.

간밤의 일에 관한 대화는 이걸로 끝이었다.

지금 연우에게 필요한 건 쓴소리가 아니라 한마디의 위로다. 자신 역시 죽고 싶을 정도로 힘겨울 때가 있었다.

"설렁탕 어때? 너 해장해야지."

"저는 라면 하나 끓여먹어도 돼요, 형. 굳이 저 때문에 그러실 거 없으세요."

"널 위해서가 아니라 내가 먹고 싶어서 그래."

두 사람은 역 인근의 24시간 식당으로 가서 이른 아침을 먹었다.

연우는 입맛이 없었지만 재건을 생각해서 열심히 숟가락을 놀렸다.

꾸역꾸역 입에 음식을 떠 넣는 얼굴을 보니 또 괜스레 코끝이 찡해지는 재건이었다.

'잘 버텨내야 할 텐데.'

데뷔작의 처참한 실패로 고통스러워하던 과거의 자신이 연우 위로 겹쳐지고 있었다.

당시 재건은 충격이 심해서 오래도록 헤맸다.

한동안은 아예 글을 쓰지도 못했다.

인천의 아이스크림 공장에 취업해서 몇 달 동안 머리를 비운 채로 스틱만 꽂아댄 적도 있었다.

생활을 위한 수단이자 일종의 도피였다.

적어도 일하는 시간만큼은 현실의 괴로움을 잊을 수 있었으니까.

첫 번째 실패.

글쟁이로 살아남느냐 아니냐가 결정되는 기로.

작가가 되길 소망하는 사람들 중에는 주변으로부터 글을

제법 쓴다는 평가를 들으며 자란 경우가 꽤 있다. 이런 사람일수록 작품과 자신을 동일시한다. 악착같이 준비하고 필사적으로 고민해서 작품을 완성한다.

각고의 노력 끝에 완성한 작품.

처음으로 세상에 내보인 작품이 실패한 순간 작가는 무너진다. 근성과 열정으로 다시 일어선다는 일은 쉽지 않다. 짧아도 몇 달, 길게는 몇 년에서 혹은 평생이 소요될 수도 있다.

이것이 재건의 고민이었다.

연우가 재기하기까지 걸릴 기간을 최대한 단축시키고픈 바람이었다. 풍천유 최고의 팬이기도 한 그에게 어떻게든 도움을 줘야 했다.

"너 한동안 인터넷으로 네 글 검색하지 마."

"……."

연우가 밥을 먹다 말고 얼굴을 들었다.

재건은 시선을 내리깐 채 국물을 휘저으며 말을 이었다.

"널 힘들게 만드는 건 낮은 판매량만이 아닐 거야."

"네, 형……."

연우가 알아듣고 고개를 끄덕였다.

가뜩이나 힘든 그를 괴롭히는 또 하나의 요소는 작품을 향한 악성 댓글과 비난이었다.

"무료로 연재할 때와는 전혀 달라. 일단 돈을 받고 팔기 시작하는 작가가 되면 평가가 냉혹해져. 어른들이 이런 말씀 곧잘 하시지. 남의 돈 먹는 거 쉬운 일 아니라고."

"네, 형. 그렇게 할게요. 검색 안 하고 글만 쓸게요."

"무신 매니지먼트 어디까지 썼어?"

"지금 5권 거의 다 완성됐어요."

재건의 입가에 희미한 웃음이 어렸다.

힘든 와중에도 열심히 쓰고 있었다는 얘기다.

역시 기본적인 자세는 됐다.

"6권으로 완결할 거지? 플롯 짜고 나면 보여주고."

"알겠어요, 형. 고맙습니다."

재건에게는 아직 해야 할 말이 남아 있었다.

무신 매니지먼트 1, 2권을 출간하고 받은 선인세로는 그리 오래 버티지 못하리라.

열심히 쓰는 연우가 생활비를 벌기 위해 아르바이트를 하는 것은 내키지 않았다.

생각 끝에 재건은 던지듯이 말했다.

"운전병, 내 매니저 해라."

"매니저…… 요?"

"그래, 매일은 아니고 일 때문에 여기저기 다닐 때 운전 좀 해. 난 그사이에 뒷좌석에서 내 일 챙길 여유를 벌고 너는

겸사겸사 일당도 벌고 좋잖아?"

재건은 무심한 표정으로 말을 마쳤다. 자연스럽게 연우의 생계를 도와주면서 작가로서 여러 세계를 경험할 수 있도록 배려한 제안이었다.

"대답이 없네. 하기 싫어?"

"……."

재건은 더 채근할 수 없었다.

고개를 수그린 연우의 두 눈에서 방울져 떨어지는 애환을 보았기 때문이었다.

탁자 위로 뚝뚝 떨어지는 눈물은 창을 비집고 들어오는 햇살과 함께 반짝이고 있었다.

한참 만에 연우는 가까스로 입을 열었다.

"저 같은 놈을 이렇게까지 챙겨주셔서 정말 고맙습니다. 형, 진짜요. 제가 진짜 다시 한 번만 무너지면……."

울음을 삼키느라 연우의 말이 중도에 끊겼다.

"또 무너지면 그땐 사무실에서 알아서 나갈게요. 다시는 이런 일 없을 거예요."

"너 전에도 차 안에서 그렇게 말했었어."

"이번엔 진짜예요. 형 말씀하신 대로 다른 거 신경 안 쓰고 열심히만 쓸게요."

"알았으니까 그만 울어. 넌 무슨 남자가 이렇게 눈물이 많아?"

"형 앞에서 말고는 운 적 없어요."

연우가 눈물을 닦으며 환하게 웃었다.

그렇게 그는 하재건 작가의 매니저가 되었다.

계약서는 두 그릇의 설렁탕 계산서로 대신했다.

BIG LIFE

"뭐? 엄마? 진짜야? 우리 집이 촬영 장소로 정해졌다고?!"

소미는 믿을 수가 없었다. 아침부터 걸려온 엄마의 전화는 그녀가 뒤로 쓰러질 만큼 놀란 소식을 전하고 있었다.

영화 '바다가 있었다'의 주인공 조강재가 머무를 숙소가 그녀의 가족이 운영하는 민박집으로 정해진 것이다.

─그것만이 아니야, 얘. 촬영하는 동안 밥도 우리 집에서 해주기로 했고. 스태프들 숙소로도 쓰겠대. 비수기에 이게 무슨 선물이래? 네 아버지 아침부터 쓸고 닦고 난리가 났어.

"영화 대박 나서 우리 민박집 인기 높아지면 좋겠다."

─김칫국 마시지 마, 이것아. 근데…… 얘, 정말 영화 성공하면 민박집에 손님 좀 늘겠지?

"뭐야? 엄마도 김칫국 마시고 있었잖아."

영화 '바다가 있었다'는 첫 번째 과정인 프리 프로덕션 단

계의 막바지에 다다르고 있었다.

현장을 위한 모든 요소를 준비하는 시간이다. 이 시간에 총력을 기울일수록 영화의 질이 향상되는 건 당연한 일이다.

수십 명의 스태프는 오늘도 동해시 곳곳을 누비며 준비에 한창이었다. 감독 태성도 묵호 바다를 바라보며 제작 실장과 대화를 나누고 있었다.

"발전차도 문제없고요. 스태프들 숙소랑 식사도 정리 끝냈습니다. 여기 주변에 사람이 워낙 없어서 통제하기 어려울 것도 없겠어요."

"고생하셨어요."

"그리고 감독님, 강우기 말인데 미리 얘기를 해둘까요?"

태성이 고개를 가로저었다.

"실장님은 강원도를 모르시네."

"네?"

"이맘때 동해 날씨는 어지간해서는 배신 안 합니다."

드르륵!

태성이 주머니에서 울리는 핸드폰을 꺼내 들었다.

조금 전 전화를 걸었는데 받지 않았던 재건의 전화였다.

"네, 하 작가님."

-죄송합니다. 샤워하느라고 못 받았습니다. 시나리오 50신까지 확인하셨어요?

"안 그래도 읽고 나서 연락드렸던 겁니다. 좋았습니다. 이대로 진행하겠습니다."

-좋게 봐 주셔서 감사합니다.

"두 번 일하지 않게 돼서 저도 기분 좋습니다. 아, 현장 구경하러 오실 의향 있으시면 언제라도 말씀 주시고요."

-알겠습니다, 고맙습니다.

전화를 끊은 태성은 기지개를 한껏 켜며 돌아섰다.

길 건너편에 선 도준이 보였다.

현장을 미리 두 눈에 담아두고 싶다며 스태프들을 따라왔던 그의 안색이 몹시 어두워 보였다.

태성이 제작 실장의 어깨를 건드리며 물었다.

"저 친구 무슨 일 있어요?"

"도준 씨요? 글쎄요, 아까까지만 해도 활기찼는데요."

도준은 그들이 자신에 대해 얘기하는 줄도 모르고 핸드폰만을 뚫어져라 들여다보고 있었다.

속칭 '카더라' 혹은 '찌라시'라고 할 만한 불순한 글들이 화면 가득 차 있었다. 영화의 여주인공 바다의 친구인 은희 역할을 맡게 된 나연에 관한 이야기들이었다.

'후우……'

예상 못한 일은 아니다.

다만 생각보다 너무 빨라서 당황스러웠다.

잠시 생각한 끝에 도준은 이를 악물며 어딘가로 전화를 걸었다.

−왜 전화했냐.

시작부터 재훈의 목소리가 퉁명스러웠다.

부산스러운 주변 소음이 함께 도준의 귀로 전해져 오고 있었다.

−왜 전화했냐고! 바쁘니까 빨리 말해.

"몇 번 전화 드렸는데 안 받으셔서요."

−말했듯이 바빴고 지금도 바빠. 용건이 뭐야?

"작품 준비는 잘 되어가세요?"

재훈도 나름대로 신작을 준비하고 있었다. 재건과의 타협점을 끝내 찾지 못하고 다른 시나리오를 선택한 것이다.

신작의 제목은 '히말라야 산맥'. 실화를 바탕으로 한 산악영화로 이미 뉴스에도 심심찮게 올라오고 있었다.

−잘 되어가든 말든 알 게 뭐야.

"그러지 마세요, 감독님. 아니, 재훈이 형."

−형이라고 부르지도 마.

도준은 안타까움에 젖어 한 손으로 벽을 짚고 말을 이었다.

"이러시면 저 괴로워요. 항상 이해해 준다고 하셨잖아요. 하고 싶은 연기를 하면서 살라고 말씀하셨잖아요."

—누가 뭐래? 그런데 이번엔 내게 아주 크게 엿을 먹였잖아. 넌 날 배신했어.

"배신이요?"

—그래, 배신. 넌 배신자야, 이 자식아.

재훈이 '배신'이란 단어에 유독 힘을 주며 말했다.

도준은 기가 막혀서 일순 할 말마저 잃었다.

—내가 널 얼마나 챙겨줬는데. 배은망덕하게 날름 하재건이 놈을 따라가? 너, 내 기분이 어떨지 상상이나 가냐? 네가 배신자가 아니고 뭐야?

도준의 호흡이 바위에 부서지는 파도처럼 거칠어졌다.

"형, 아니, 감독님. 이걸…… 이걸 배신이라고 하실 수 있어요? 배은망덕이라고요? 제가 감독님을 버리고 하재건을 따라갔다고요? 그게 말이 돼요? 저는 하재건이 만든 조강재란 캐릭터를 따라온 거예요!"

—목소리 높일 거 없어. 이제 너하고 나는 끝이니까. 어디 한번 그 신뼹 감독이랑 잘해봐라. 캐릭터? 작품성? 허 참, 영화를 흥행시킨다는 게 그리 간단한 일인 줄 알아? 너 아마 내년부턴 고생깨나 할 거다.

도준은 이를 앙다문 채 악담이자 저주와도 같은 재훈의 말을 묵묵히 듣고 있었다.

어느새 눈앞으로 다가온 매니저는 눈짓으로 무슨 통화를

하느냐고 묻고 있었다.

"하나만 여쭤볼게요."

―아이구, 네. 무엇이든 여쭤보세요.

"김나연, 걔한테 왜 그러셨어요?"

―…….

재훈은 즉답하지 못했다.

도준은 걱정스레 자신을 바라보는 매니저의 시선을 느끼며 말을 계속했다.

"걔 허파에 바람 들어간 거 감독님 때문이잖아요. 일도 그만두고 다시 연기하려는 거요. 케어까진 못해주더라도 최소한 가만 놔두는 게 인지상정 아닙니까?"

―너 지금 날 훈계하는 거냐? 그리고 무슨 헛소리야?! 내가 걔 룸녀라고 동네방네 소문이라도 내고 다녔다는 거야?!

"보라한테 들었어요. 감독님이 말씀하셨다면서요?"

―야, 그건 그냥 말이 나오다 보니 술자리에서……! 뭐 별로 길게 말하지도 않았어!

당황스런 만큼 목소리가 부쩍 높아지는 재훈이었다.

도준은 조소를 흘리며 뒷머리를 건물 벽에 기댔다. 지금껏 쌓여왔던 정이 와르르 무너지는 기분이었다.

―아, 몰라! 끊어!

고성과 동시에 일방적으로 전화가 뚝 끊겼다. 여전히 조소를 그치지 못한 도준에게 매니저가 조심스레 물었다.

"우재훈 감독이지?"

도준이 힘없이 고개를 끄덕였고 매니저는 한숨을 쉬었다.

"내가 뭐라 그랬냐. 그 인간이 아무 문제없이 넘어가진 않을 거라고 했었잖아."

"상관없어. 오히려 후련해졌어."

도준이 한껏 기지개를 펴고는 흙 묻은 발을 툭툭 털었다.

"도준아, 오 PD님 전화 왔다."

"오 PD님? 왜?"

"나 혼자 살아 섭외. 출연하기 딱 좋을 타이밍이긴 하지."

도준이 두 눈을 내리깔고 고개를 주억거렸다.

'나 혼자 살아'는 혼자 살아가는 유명인의 일상을 담은 다큐멘터리 형식의 예능 프로그램이다. 시청률도 좋은 프로그램이라 마다할 이유가 없었다. 겸사겸사 '바다가 있었다' 홍보도 될 테고.

"나갈 거지? 도준아, 너 배우 이미지 쌓아가는 것도 좋지만 계속 이렇게 고사하다가 예능 감각 작살나겠다."

"알았어. 나갈게."

"그리고 하재건 작가님 말인데."

"재건이?"

"나 혼자 살아에 출연해 주실 수 없을까? 넌 가족들이랑도 소원하고, 그렇다고 채린이를 내보낼 수도 없는 거고."

"……."

"하 작가님이 최적인 것 같아. 신작의 원작자와 배우가 친한 친구면 모양새 좋잖아. 게다가 우주 대스타와 베스트셀러 작가란 말이지. SNS에 떠도는 이야기도 풀고. 사실 이 얘기도 PD님이 먼저 꺼낸 거야."

도준은 하늘을 쳐다보며 생각에 잠겼다.

매니저의 말은 일리가 있었다.

하지만 과연 재건이 출연해 줄까. 누군가에게 부탁했다가 거절당하는 걸 두려워하는 그로서는 직접 재건에게 말을 꺼내기가 영 내키지 않았다.

"형이 한번 얘기해 봐."

"뭐 하러 그래? 너 하 작가님 집에도 놀러가고 그럴 만큼 친해졌잖아."

"그건 그거고 일은 달라. 배고파, 밥 먹으러 가자."

도준이 몸을 빙글 돌렸다. 소미의 민박집으로 걸음을 내디디면서 그는 핸드폰을 손에 들었다. 나연에게 위로의 메시지 한 줄을 보내려던 손가락은 중도에 멈춰 버렸다.

48장
사랑도 쉽지 않다

"고생했다, 연우야."

부천의 작가 사무실.

연우의 만면은 뿌듯한 미소로 물들어 있었다.

이제 막 무신 매니지먼트의 6권 원고를 끝냈다. 성적은 나빴지만 흐름을 잃지 않고 완결을 낸 것이다.

"그래도 전자책으로 나가면 인세 좀 나올 거야. 마음 편하게 먹고 차기작 탄탄하게 준비하자."

"네, 재건이 형. 이거 전부 형 덕분이에요."

어느덧 계절은 완연한 가을로 접어들었다.

연우는 무사히 데뷔작을 마무리했고 다른 작가들도 각자의 작품으로 선전하고 있었다. 오래도록 본인과 사무실 식구들을 고생시켰던 현경도 이제는 자신감을 되찾고 의연해져 있었다.

"야옹."

"조금만 있다 놀자, 리카. 나도 이제 일주일만 더 하면 시나리오 완전히 끝난다."

타다닥! 타닥! 타다닥!

키보드를 두드리는 재건의 열 손가락에 불이 붙었다.

막바지에 다다른 시나리오의 마지막 신에 마침표를 찍기까지 이제 얼마 남지 않았다.

키보드를 두드리는 소리가 여느 때보다 경쾌하게 느껴지는 재건이었다. 감독 태성의 영향이 가장 컸다. 계약하기 전 보였던 깐깐한 인상과 달리 재건의 시나리오를 99% 이상 수용해 주었다. 기분이 좋으니 일이 안 될 수가 없었다.

"형, 이제 슬슬 나가셔야죠. 벌써 3시예요."

"시간이 벌써 이렇게 됐어?"

재건이 워드 프로그램을 저장하고 자리에서 일어섰다.

오늘은 라디오 문학 방송에 출연하는 날이었다.

며칠 전에는 모 대기업 신입 사원들을 대상으로 강연도 했다. 매니저 아닌 매니저가 된 연우는 재건의 운전기사를 도맡고 있었다.

"저 그럼 연우랑 다녀오겠습니다."

"조심히 다녀오세요."

"잘 다녀오세요."

인사하는 민호와 은영의 표정이 어딘지 모르게 굳어 있었다. 그러고 보니 오늘 아침부터 줄곧 두 사람은 서로 대화를 나누지도 않았던 듯했다.

'싸웠나?'

비로소 이상한 느낌이 드는 재건이었다. 하지만 일정이 빠듯했기에 더 묻지는 못하고 일단 사무실을 나섰다.

"막상 글 쓰다가 나가려니까 귀찮다."

차의 조수석에 오르며 재건이 중얼거렸다.

내비게이션을 입력하던 연우가 웃으며 말을 받았다.

"권 대표님하고 오명석 편집장님이 고르고 고르신 것들이잖아요. 다 재건이 형을 위한 건데 이 정도는 나가주시는 게 좋죠."

연우가 핸드폰을 꺼내 일정을 확인하고는 덧붙였다.

"다음 주 화요일에는 바다가 있었다 제작 보고회 있고요. 수요일 저녁에는 한혜선 교수님과 저녁 식사, 금요일에는 오명석 편집장님하고 저녁 식사 있어요."

재건이 피식 웃으며 연우를 돌아보았다.

"네가 이렇게 챙겨주니까 내가 진짜 스타라도 된 기분이다."

"형 스타 맞는데요?"

연우는 당연한 소릴 하냐는 듯이 웃지도 않고 반문했다.

과연 풍천유 최고의 팬다운 반응이어서 재건은 이마를 싸매고 웃었다. 주차장을 벗어난 차가 대로로 섞여들고 있었다.

"근데 형, TV에도 나가시지 왜 라디오만 하세요?"

"으음……."

"시사나 교양 프로그램 같은 거 나가시면 좋잖아요. 강연도 잘하시는데 카메라 울렁증일 리도 없고요. 예능도 들어온다면서요?"

"뭔가 애매해서 그래."

"애매하다고요?"

재건이 고개를 끄덕이며 설명했다.

"작가의 서재 같은 건 출연한 목적이 확실히 정해져 있었어. 내 작품에 관해서 하고 싶은 말도 있었고. 오늘 나갈 라디오도 마찬가지고."

"흐음, 네."

"그런데 지금 들어오는 TV 프로그램들은 그런 게 아닌 것 같아. 내가 안 나가더라도 얼마든지 다른 출연자들로 대체할 수 있는 것들이잖아."

"무슨 말씀이신지 알 것 같기도 하고."

"내 작품에 대해서 제대로 말할 수도 없는 프로그램에 나가서 얼굴로 홍보하느니 사무실에서 열심히 글을 쓰는 게 백번 낫지. 그냥 그런 생각이야."

"잘 모르겠지만 멋있어요, 형."

"야, 이상한 표정 짓지 말고 운전이나 똑바로 해."

드르륵!

핸드폰이 울리며 모르는 번호로부터 전화가 걸려왔다.

연우가 눈치 빠르게 음악 볼륨을 줄여주었고 재건은 전화를 받았다.

"여보세요?"

─안녕하세요, 작가님. 저 도준이 매니저 우태봉입니다. 통화 가능하세요?

"아, 네. 안녕하세요. 지금 통화됩니다."

─그전에 축하부터 드려야겠습니다. 조금 전에 뉴스 봤는데 바다가 있었다 벌써 50만 부 돌파했더라고요. 저도 한 권 구입해서 일조했습니다.

"하하, 네. 고맙습니다. 매니저님께서 한 권 사주신 덕분에 겨우 50만 부 달성했네요."

재건이 농담으로 말을 받았다.

호탕한 웃음소리 끝으로 매니저가 나직이 말을 이었다.

─……사실 도준이 방송 때문에 연락드렸습니다. 나 혼자

살아 프로그램 아시나요?

"혼자 사는 연예인들 프로그램 말이죠? 압니다."

재건이 대답했다. TV를 자주 보지 않는 그도 익히 알고 있을 정도로 유명한 프로그램이었다.

─네, 맞습니다. 도준이가 바다가 있었다 개봉 앞두고 거기 나가기로 됐어요. 혹시 그거 방송 보신 적 있으세요?

"으음, 지나가듯 몇 번 본 적은 있지만 제대로 끝까지 시청한 적은 없네요."

─보시면 출연자 집에 가족이나 친구가 놀러 오기도 하고 그러거든요. 아니면 반대로 출연자가 놀러 가기도 하고요. 바리에이션이요. 계속 출연자만 내보내면 지루하니까요.

"아, 네……."

재건의 음성이 낮아졌다. 매니저가 전화한 목적이 무엇인지 알아차렸기 때문이다.

─하재건 작가님이 좀 도와주시면 무척 감사하겠습니다. 영화를 위해서도 좋은 출연이 될 거고요. 부담 가지실 것도 없어요. 특별한 대본이 있는 것도 아니고 자연스럽게 도준이랑 함께 어울려 주시기만 하면 돼요.

재건이 거절할까 봐 조바심이 난 매니저의 말이 빨라졌다.

─도준이도 하 작가님이 꼭 출연해 주시기를 내심 바라고 있습니다. 이건 제 의지가 아니라 도준이 의지예요.

"으음……."

―도준이가 직접 말을 못 해서 제가 말씀드리는 겁니다. 보기보다 마음이 여려요. 큰맘 먹고 누군가에게 부탁했다가 거절당하면 알게 모르게 상처도 입고 그래요.

차창 위로 항시 밝기만 했던 도준의 얼굴이 비치는 듯했다.

재건은 빠르게 생각을 마치고는 핸드폰에 대고 대답했다.

"네, 그렇게 하겠습니다."

―정말 고맙습니다, 하 작가님. 이 은혜 잊지 않겠습니다.

"준비해야 할 대본 같은 거 없다는 매니저님 말씀 믿습니다."

―하하하, 그럼요. 정말 고맙습니다. 그럼 제가 조만간 다시 연락드리겠습니다.

전화를 끊자마자 연우가 기다렸다는 듯이 물었다.

"나 혼자 살아 출연하시기로 한 거예요? 도준이 형 나갈 때 같이요?"

"귀도 밝아. 다 들렸어?"

10분쯤 지났을 때 핸드폰이 울리며 액정이 빛을 밝혔다.

꺼내보니 도준으로부터 날아든 메시지였다.

―착각하지 마! 따, 딱히 오스카에게 고마워서 저녁밥을 차려주고

있는 건 아니니까!

메시지를 본 재건이 킥킥 웃었다.

도준은 '오스카의 던전'에 나오는 여성 캐릭터의 대사를 빌려 우회적으로 고마운 마음을 표현하고 있었다.

재건도 이에 맞춰 오스카의 대사로 답장을 보냈다.

-착각한 적 없어요. 정말 내게 고마워했다면 고작 이딴 식단으로 대접할 리가 없잖아요.

-야, 재건아. 됐고. 주말에 시간 비워놔라. 콜?

-콜.

재건이 핸드폰을 거둬들이고 고개를 들었다.

멍하니 뒷머리를 기대고 있으려니 비로소 사무실을 나올 때 봤던 민호와 은영의 굳은 얼굴이 떠올랐다.

"맞다, 강 작가님이랑 장 작가님 무슨 일 있었어? 나오기 전에 보니까 표정이 영 안 좋으시던데."

"그래요? 전 글 쓰느라 정신이 없어서 못 느꼈는데요."

"흠, 뭐 별일 아니겠지."

재건의 시선이 창밖을 향했다.

이 가을이 지나가면 또 겨울이 온다.

시간의 흐름이 너무도 빠르게 느껴져서 안타까웠다.

"가방은 저 주세요."

"하나도 안 무거워. 캐리어라서 바닥에 대고 끌면 돼."

정장을 말끔하게 차려 입은 민호가 대답했다.

부모님이 계신 지방 본가에 내려가는 날이었다. 비루했던 작년에 비해 괄목할 출세를 했으니 금의환향이라고 볼 수도 있었다.

"어쨌든 주세요. 터미널까지 바래다드릴 테니까."

현경이 다시 가방의 손잡이를 낚아챘다.

곁에 묵묵히 서 있던 은영도 말을 보탰다.

"동생이 하는 대로 좀 놔둬라. 일주일은 내려가 있을 텐데 현경이가 아쉽다잖아."

"허, 참…… 그래, 알았다."

멋쩍은 듯 대답하는 민호는 의식적으로 은영과 시선이 마주치길 피하고 있었다.

은영 쪽도 매한가지였다. 다만 민호가 돌아섰을 때, 어깨에 묻은 먼지를 털어주려 자연스레 뻗어 나가는 손만은 도리가 없었다.

"어깨 좀 펴고 걸어, 형."

"또 잔소리는."

은영의 입가에 희미한 미소가 일었다. 어쩌면 이것이 옷매무새를 고쳐 주는 마지막이 될지도 모른다. 그런 생각을 하니 괜스레 서글픔이 밀려들어 왔다.

"그럼 간다."

여전히 등을 보인 채로 민호가 작별을 고했다.

은영은 짐짓 씩씩한 어조로 그의 등짝을 때리며 잔소리를 이었다.

"여자 만나면 말 더듬거리지 말고. 말할 때마다 눈도 잘 맞추고."

"너 내가 잘되길 엄청 바라는 눈치다?"

"당연한 소릴 하고 있어. 형 신경 쓰는 것도 일이야. 제발 성공해서 장가 좀 가, 이 노총각아. 사진 보니까 얼굴도 예쁘더라."

태연한 척하려 애쓰는 은영을 보고 있자니 현경도 안타까움을 금할 수 없었다. 그는 두 사람 사이에 흐르는 미묘한 기류가 무엇 때문인지 알고 있었다.

"빨리 안 가고 뭐해? 빨리 나가. 나 조용히 집중해서 작업할 거란 말야."

"올라올 때 뭐 사 가지고 올까?"

"일주일 뒤에 올라올 때 말하셔, 그런 건. 빨리 가."

"알았다."

민호가 문 밖으로 먼저 나섰다.

그 뒤를 현경이 캐리어를 끌고 따라나섰다. 이윽고 문이 닫히자 완연한 침묵이 은영을 휘감았다.

'하아…….'

벌어진 입술 틈에서 새어 나오는 숨결이 뜨거웠다.

은영은 움직일 줄을 모르고 그 자리에 오도카니 섰다.

민호가 본가에 내려가는 건 단순히 부모님을 찾아뵙기 위한 목적이 아니다. 부모님이 주선해 준 여자를 소개받기 위한 여정이다.

민호는 부모님과의 그 통화를 딱히 숨기지 않았다. 사무실에서 밥을 먹다 전화를 받았고 은영과 현경은 당연히 내용을 다 들었다.

문제는 은영에게 있었다.

맞선 얘기를 들은 순간 표정 관리에 실패하고 말았다.

스스로도 경악할 만큼 온갖 감정이 휘몰아쳤다. 덩달아 민호마저 멋쩍어지고 오늘까지 어색한 분위기가 이어져 왔던 것이다.

'머저리!'

일침의 대상이 민호인지 자기 자신인지 알 수 없었다.

고등학교 문예반에서 만났을 때부터 민호를 마음에 두고 있었다. 믿음직한 오빠에게 품을 수 있는 단순한 호감이라고 오래도록 생각해 왔다.

하지만 지금에 이르러서는 그것이 어떤 감정인지 명확해
졌다.

'진짜 머저리…… 바보…… 등신……!'

은영은 힘이 풀리는 두 다리를 어쩌지 못하고 쪼그려 앉
았다.

젖어드는 얼굴은 두 손바닥에 파묻었다.

이혼녀로서 먼저 마음을 내보일 엄두가 나지 않았다. 이런
자신이 답답하고 한심스럽기 짝이 없었다.

BIG LIFE

"하늘은 우릴 향해 열려 있어~ 그리고 내 곁에는 네가 있
어~ 환한 미소와 함께 서 있는~ 그래 너는 푸른바~ 다~
야~!"

재건의 집 지하 휴게실.

도준의 커다란 노랫소리가 연이어 울려 퍼졌다.

재건은 뒤쪽의 편안한 소파에 기대앉아 시나리오를 퇴고
하고 있었다.

평안한 주말이었다.

사람들의 시선을 힘들어할 도준을 배려해서 아예 집으로

초대했다.

자장면을 시켜서 늦은 점심도 조금 전에 먹었다.

"재건아, 이 기계 갖다 버려."

노래가 끝나고 나온 70점의 점수를 보며 도준이 말했다.

"뭘 어떻게 불러도 90점 이상이 안 나와."

"좀 더 성의껏 불러봐."

"여기서 무슨 성의를 더 보태? 너 모르냐? 나 원래 가수 하려고 했었어. 근데 아끼는 후배 가수들 밥줄 끊길까 봐 싱글 한 장 못 내고 참고 있는 거야."

"역시 우주 대스타야."

"아, 목마르다. 마실 것 좀 없나."

도준이 마이크를 내려놓고 바로 향했다. 냉장고와 찬장을 뒤적인 그는 어이없는 표정으로 재건에게 물었다.

"야, 재건아. 술은 이게 다냐?"

그렇게 묻는 도준의 양손에는 소주와 막걸리가 한 병씩 쥐어져 있었다.

재건이 빙긋 웃으며 고개를 끄덕였다.

"아버지 오실 때 드시라고 사다 둔 거야. 나는 혼자서 거의 술 안 마시니까."

"야, 아무리 그래도 그렇지 서양식으로 바를 꾸며놓고 진열은 소주에 막걸리에…… 뭐야, 이건? 가시오가피? 복분자?"

"그 달달한 것들은 어머니가 드셔. 옆에 회색 냉장고 열어 봐. 음료수 있어."

도준이 음료수를 한 캔 홀짝이며 재건의 옆으로 와 앉았다.

노트북 화면을 들여다보며 그는 넌지시 물었다.

"내가 방해하는 거 아니지?"

"전혀. 일하는 것도 아니고 그냥 확인만 하고 있는 거야."

"그래, 내가 신경 쓸 게 없지. 애초에 휴일이고 네가 놀자고 초대한 거 아니냐. 저녁은 뭐 먹을까?"

"자장면 먹은 지 한 시간밖에 안 지났다. 나중에 생각하자."

재건이 퇴고를 끝낸 노트북을 덮고는 고개를 들었다.

"그것보다 나 혼자 살아 정말로 조언해 줄 거 없어?"

도준이 즉시 짜증스러운 기색으로 얼굴을 구겼다.

"몇 번을 말해야 되냐? 아무것도 없다고. 그거 작가가 상황 만들어주면 우리는 거기 맞춰서 얘기하고 놀면 되는 거야. 왜 이렇게 걱정이 많은데?"

"너한테는 예능이 일상이겠지만 나는 처음이라고. 당연히 긴장되지."

드르륵!

도준의 핸드폰이 몸을 떨었다.

"……!"

누구의 전화인지 확인하자마자 그는 핸드폰을 소파 구석으로 내던졌다.

"누구 전환데 그래?"

"그냥 귀찮은 애 있어."

전화는 한 번으로 그치지 않고 계속 걸려왔다.

도준은 아예 쿠션 밑으로 핸드폰을 파묻어버리고는 자리에서 일어섰다.

"재건아, 저녁밥 내기로 4구 한 게임 치자. 쓰리 쿠션도 빼줄게."

"당구는 네가 너무 잘해서 안 돼. 차라리 내기를 할 거면 다트 게임을⋯⋯."

드르륵!

이번엔 재건의 핸드폰이 진동했다.

애플티 채린으로부터 걸려온 전화였다. 받기에 앞서 상황을 짐작한 재건이 물었다.

"채린 씨다. 둘이 싸웠지?"

"⋯⋯받지 마라."

"어떻게 안 받아? 너 여기 온 것도 알 거 아냐. 네가 말 안했어도 매니저 형이 말했을 텐데."

도준은 소파에 엎어진 채 대답이 없었다.

재건은 잠시 생각한 끝에 채린의 전화를 받았다.

"네, 채린 씨. 아아, 네. 덕분에 책은 잘나가고 있죠. 이번에도 SNS에 홍보해 주신 거 봤어요. 정말 고맙습니다. 네, 아…… 네, 도준이요. 여기 같이 있어요."

소파에 엎드린 도준은 여전히 죽은 사람처럼 미동조차 없었다. 그를 두 눈에 담고서 재건은 통화를 이었다.

"괜찮습니다, 실례는요. 그럼 톡으로 찍어드릴게요. 네, 끊어요."

전화를 끊고 난 재건은 주소를 적어 메시지를 보냈다. 도준이 벌떡 상체를 일으키고 돌아보았다.

"뭐하는 거야?"

"그럼 어떡해? 네가 만나러 나갈 것도 아니잖아."

"아, 진짜. 나 오늘 걔 얼굴 보면 싸울 거 같다고."

"무슨 일인지는 모르겠지만 만나서 풀어."

30분이 채 지나지 않아 초인종이 울렸다.

방문자는 채린 혼자만이 아니었다. 예전에 도준의 집에서 재건과도 만난 적이 있었던 유리도 함께였다.

"안녕하세요, 하 작가님."

"들어오세요. 차는 저쪽 차고에 대세요."

공개 방송 녹화가 끝나자마자 온 채린과 유리의 얼굴에는 지우지 못한 메이크업이 그대로 있었다. 갈아입지 못한 무대 의상은 태반이 맨살을 드러내고 있어서 재건은 눈 둘 곳을 찾아 헤매고 있었다.

"집 진짜 좋아요. 우리 숙소도 이거 반만 됐으면 좋겠다."

"지금 숙소도 충분히 크거든? 언니는 청소도 안 하면서 큰 걸 바라고 그래."

"야, 너 작가님 앞에서 내 흉보냐?"

재건은 지하 휴게실로 채린과 유리를 안내했다.

소파에 길게 엎드린 도준을 보자마자 채린은 얼굴에서 웃음을 지웠다.

"일어나 봐. 채린 씨랑 유리 씨 왔다."

도준은 대답이 없었다. 재건이 가까이 다가가 어깨를 잡고 흔들자 그제야 피곤한 표정으로 몸을 일으켰다.

"아, 자는 사람 왜 깨우는데."

"채린 씨 왔다고."

약 다섯 걸음 앞에 채린과 유리가 서 있었다.

그러나 도준은 두 눈을 가늘게 뜨고 주위를 두리번거리며 중얼거렸다.

"걔가 누군데? 뭐 아무도 눈에 띄지 않는걸?"

채린이 앙다문 입술을 움찔움찔 떨었다. 보다 못한 유리가 한 걸음 나섰다.

"도준 오빠, 정말 언니한테 왜 이러세요?"

"아, 유리 왔어? 어서 와."

도준이 채린을 외면하고 유리에게만 살갑게 인사를 건
넸다.

재건은 어안이 벙벙해져 할 말을 잃었다.

무슨 일인지는 모르겠지만 이렇게 유치할 수가.

"……!"

한껏 일그러진 표정의 채린이 바를 발견하고 잰걸음을 옮
겼다. 도준이 그랬던 것처럼 찬장과 냉장고를 뒤적이던 그녀
는 복분자 한 병과 대접을 꺼내 들고 앉았다.

"도준아, 가서 어떻게 좀 해봐."

"뭘 어떻게 하란 건데."

"야, 복분자 의외로 독해. 저걸 대접으로…… 어어?"

재건이 두 눈을 한껏 부릅떴다.

복분자 한 대접을 들이마신 채린이 곧바로 또 한 대접을
채우고 있었다.

재건은 더 두고 볼 수가 없어서 다가가 대접을 낚아챘다.

"뺏지 마세요! 그냥 주세요!"

소리치듯 애원하는 채린은 벌써 울고 있었다. 번진 마스카
라가 뚝뚝 떨어지고 있었다. 재건은 그녀 옆에 자리를 잡고
앉았다.

"채린 씨, 대체 왜 이러세요?"

"흐끅…… 흐끅……."

"두 사람 문제에 개입할 마음은 없어요. 근데 둘 다 제 집에서 이러고 있으니 안 물을 수가 없잖아요."

유리가 재건의 등 뒤로 팔짱을 끼고 다가와 대신 대답했다.

"도준 오빠 베드신 때문에 그래요."

"베드신이요?"

"바다가 있었다요. 조강재랑 바다랑 베드신 있잖아요. 그것 때문에 둘이 싸우는 거예요."

재건은 비로소 상황을 이해했다. 정말로 이런 일들이 벌어지기도 한다는 걸 처음으로 목격했다.

채린이 울면서도 성을 내며 돌아보았다.

"야, 이유리. 말은 똑바로 하지? 내가 베드신 하나 졸렬하게 이해 못 해서 이래? 도준 오빠가 김지원이랑 같이 연기해서 좋다고 계속 사람 살살 약 올리잖아!"

김지원은 여주인공 바다 배역을 맡은 배우의 이름이었다. 미모와 연기력을 겸비한 유망주로 재건도 당연히 알고 있었다.

멀찍이 앉은 도준이 혼잣말을 하듯 중얼거렸다.

"헤어질 걸 대비해서 보험으로 블락씨 지쿠랑 사귀어야겠다고 말한 건 누구더라."

"뭐라는 거야! 안 들려! 가까이 와서 말하라고!"

"아, 저게 진짜! 목소리 안 낮춰?! 재건이네 집에 와서 이게 무슨 망신이야!"

도준도 울컥해서 몸을 벌떡 일으키고 있었다.

그 후로 재건과 유리는 싸우는 두 사람을 뜯어말리느라 한동안 진땀을 빼야 했다.

결국은 오열을 터뜨린 채린의 사과로 싸움은 일단락이 되었다.

"흐어어엉……! 죄송해요, 오빠…… 아니, 작가님……. 죄송해요……."

"편한 대로 불러요. 난 괜찮으니까 나한테 사과하지도 말고요."

"오빠는 진짜 마음이 바다처럼 넓어요……. 옹졸한 누구랑은 너무 비교돼요……."

"야, 이채린!"

"소리 좀 그만 질러. 유리 씨, 저기 위로 올라가면 욕실 있어요."

재건은 유리와 함께 채린을 위층으로 보내고 안도의 한숨을 내쉬었다. 격전을 끝내고 난 도준은 소파 좌우로 길게 양팔을 걸치고 멍하니 앉아 있었다.

"미안하게 됐다, 재건아."

"됐어. 이런 말하면 좀 그렇지만 신선한 경험이었다. 연예인들끼리 정말 이런 식으로도 싸우는구나."

"야, 털어놓자면 억지가 한둘이 아니야. 내가 진짜 부처라고. 아, 됐다. 나도 샤워 좀 하고 내려온다."

도준도 올라가고 조용해진 틈을 빌려 재건은 메모장을 꺼내 들었다. 펜을 잡은 그의 손이 부지런히 글줄을 적어 나가고 있었다.

'흠…… 확실히 그 표현은 재미있었어. 오스카의 대사로 사용하면 좋을 것 같군.'

어쩔 수 없는 직업병이었다.

재건은 도준과 채린이 내뱉었던 말들 중 기억에 남은 표현들을 하나하나 기록했다. 소설에 들어갈 만한 좋은 장면을 건져 낸 기분이었다.

한창 열심히 적고 있는 사이, 핸드폰이 울리며 태원으로부터 전화가 걸려왔다.

"네, 권 대표님."

—안녕하세요, 작가님. 코믹 KT에서 다시 연락 왔어요. 오스카의 던전 웹툰하고 싶다고요. 지존록 웹툰도 반응이 괜찮았으니 전 이번에도 긍정적인데, 작가님 의향은 어떠세요?

"으음, 죄송한데 대표님. 이번엔 좀 사양하고 싶어요."

대답과 동시에 재건은 소미를 떠올렸다.

'오스카의 던전'은 지금껏 출간한 장르 소설 종이책들과는 다르다. 소미의 다채로운 일러스트가 삽입된 작품인 것이다.

소미의 그림과 더불어 2차 창작으로 거듭나기 전까지는 판권 계약을 미루고 싶었다. 웹툰이 아니라 다른 형식이라도 관계없었다.

"네, 이해해 주셔서 고맙습니다. 그럼 끊겠습니다."

전화를 끊고 난 재건은 하던 메모를 계속했다.

얼마나 지났을까.

문득 깔깔거리는 소리가 들려 고개를 드니 채린을 등에 업고 계단을 내려오는 도준이 보였다.

49장
그런 여자 있을 겁니다

'흠……'

넥션 본사 모바일 기획 팀 옆의 휴게실.

렌즈를 착용한 기획 이사 남규호의 두 눈이 유리처럼 빛났다. 손에는 '오스카의 던전'을 들고 있었다.

'더 브레스'는 이미 전자책으로 모조리 읽었다. 바로 잡은 '오스카의 던전'도 이제 몇 페이지 남지 않았다.

'이 친구 게임 회사 다녔었나? 던전 구조가 튼실한데.'

소설에 나오는 던전의 설정이 실제 게임에 바로 적용해도 될 만큼 튼실했다.

이윽고 마지막 장의 마침표가 두 눈에 담겼다.

규호는 책을 내려놓고 고개를 들었다. 눈앞으로 머그컵을

든 수희가 지나가고 있었다.

"이 팀장님."

"네, 이사님."

수희가 머그컵을 들고서 다가왔다. 그녀는 진중한 규호의 표정을 보고는 맞은편 의자를 빼고 앉았다.

"무슨 일이세요?"

"이거 어떻게 생각해요?"

규호가 손에 쥔 '오스카의 던전'을 들어 보였다.

수희는 즉시 자신을 부른 이유를 깨닫고 고개를 끄덕였다.

"재미있는 작품이에요. 게임화하기에도 무리가 없다고 생각합니다. 원작의 흥행으로 이슈가 충분하니 마케팅하기도 용이할 거예요."

"흐음, 그렇죠?"

규호의 입가에 엷은 미소가 어렸다. 이래서 업무적으로 수희를 좋아한다. 센스 좋고 머리 회전도 빠르다. 구태의연한 덧붙임은 일절 없이 맡은 바를 충실히 해내는 그녀와는 죽이 제법 잘 맞았다.

"게임 회사 다녔었나요?"

"하 작가님이요? 아니요."

규호가 책 표지를 손가락으로 또드락거리며 말을 이었다.

"난 또, 게임 개발 경험이 있는 사람이 쓴 줄 알았지. 시스

템 기획은 딱히 할 것도 없을 것 같고, 모바일이라고 가정하면 월드도 이 정도면 충분하고. 전투랑 경제 밸런스 맞추고 캐릭터랑 시나리오 보강하면 물건 하나 뚝딱 만들어낼 수 있겠는데요."

"저도 이사님과 비슷한 느낌이에요."

그렇게 대답하며 수희는 속으로 히죽 웃었다.

긍정적인 직감은 역시 맞았다. 회사 강연이 있었던 날부터 규호는 재건이란 작가에게 관심을 갖기 시작한 것이다.

"근데 이 작가 스타일은 어떻습니까?"

규호가 수희를 직시하며 질문을 던졌다. 명훈과의 불편한 업무를 경험하고 난 그에게는 중요한 문제였다.

"게임 기획에 관해 논의하거나 피드백을 받아들이는 부분에서 거부감은 없습니까? 작가의 성격이 까칠하면 아예 시나리오는 우리 쪽에서 도맡는 게 아무래도 나을 거 아닙니까."

수희는 신중한 표정으로 고개를 가로저었다.

"무던한 성격입니다. 잘못된 부분을 지적하면 수긍할 줄 아는 사람이에요."

"동기라서 좋게 말해주는 거 아닙니까?"

"이사님은 아직도 저를 모르세요?"

"알겠습니다. 그럼 근시일 내로 부탁드리겠습니다."

규호의 말은 최대한 빨리 재건의 의향을 타진해 보고 가능하면 미팅까지 잡아보라는 의미였다.

RPG 형식 모바일 게임의 개발 기간은 결코 짧지 않다. 퍼즐이나 슈팅처럼 제작비 1억 미만으로 6개월이면 만들어낼 수 있는 장르와는 다르다. 마음을 먹었으면 시작은 빠를수록 좋다.

"네, 연락해 보고 다시 말씀드릴게요."

수희가 핸드폰을 꺼내 일정을 기입했다.

규호는 다 식은 커피를 한 모금 홀짝이고는 지나가듯이 물었다.

"용기사들 클베 준비는 어때요?"

"탈 없이 진행되고 있습니다."

'용기사들'은 명훈이 시나리오 작가로 참여한 신작 모바일 게임의 제목이다. 출시를 목전에 둔 지금 규호는 큰 기대를 품고 있지 않았다. 개발비만이라도 건졌으면 하는 것이 솔직한 바람이었다.

'전체적으로 확 나쁘지는 않은데 거슬려…….'

'용기사들'을 생각할 때마다 규호는 마음이 불편했다. 가장 거슬리는 건 가벼운 분위기와 어울리지 않는 시나리오였다. 시종일관 진지하고 무거웠다. 유머라고는 찾아볼 수 없는 엄숙한 캐릭터들이 게임의 전역을 도배하고 있었다.

원인이라면 알고 있었다. 개발 과정에서 시나리오 작가와의 소통이 제대로 되지 않았다. 회의를 열면 명훈은 다섯 번에 한 번 꼴로 마지못해 참가하곤 했다. 참가해도 꿔다 놓은 보릿자루처럼 입을 꾹 다문 채 말이 없었다.

규호와 수희를 비롯해 직원들이 의견을 내도 반응을 보이는 일이 없었다.

그럼에도 불구하고 명훈이 끝까지 시나리오 작가로서 이름을 올리게 된 것은 기획 팀의 의견을 십분 반영한 까닭이다.

소통은 없었지만 일단 말은 들었다.

특히 규호가 지적한 부분들은 전면적으로 수정했다. 뭔가 부족한 느낌인데도 규호가 대놓고 따지지 못했던 것은 이런 연유 때문이었다.

하지만 이걸로 과연 만족스러운 결과가 나온 것일까?

규호 입장에서는 결코 아니었다. 자신의 의견도 항시 옳을 수 없음을 알고 있었다. 따라서 의견을 내면 상대의 반박이 곧장 따라오길 바랐다. 서로를 설득시키는 과정에서 더 나은 길을 모색할 수 있기 때문이다.

하지만 명훈과는 그 부분이 끝까지 해결되지 않았다. 오늘 아침에 봤던 명훈의 얼굴도 어제와 꼭 같이 딱딱하기만 했다.

'손해만 본 장사는 아니었어.'

규호는 씁쓸한 웃음으로 자신의 생각을 마무리했다. 두 번 다시 명훈처럼 독단적인 작가와는 일을 하지 않으리라.

"아무튼 일단 얼굴부터 보자고 합시다."

규호가 자리에서 일어섰다.

수희는 살짝 엉덩이를 들고 그에게 인사한 다음 다시 핸드폰을 잡았다. 언제나 그랬던 것처럼 재건에게 메시지를 보내는 그녀의 가슴은 두근거리고 있었다.

BIG LIFE

"어, 재건아. 집 앞이라고? 알았어. 비밀번호 알지? 빨리 올라와. 기다리다 배고파서 죽을 것 같다."

전화를 끊은 도준은 핸드폰을 주머니에 넣고 뒤지개를 손에 잡았다. 프라이팬에는 볼썽사납게 어그러진 계란말이가 지글거리고 있었다.

"이상하네, 이게 혼자 해먹을 땐 잘되다가도 꼭 손님이 와서 대접하려고 하면 이 모양이 된단 말야."

도준은 고개를 갸웃거리며 불만스럽게 툴툴거렸다.

이곳은 그가 혼자 살고 있는 오피스텔이었다.

곳곳에 방송사 스태프들이 설치한 카메라가 보였다. 거실 소파 한가운데에는 지금 녹화하고 있는 프로그램의 마스코

트인 곰돌이 인형이 놓여 있었다. 이 인형에도 카메라가 설치되어 있었다.

삐삐삐삐.

"어, 왔나 보다."

평소와는 다르게 곧잘 나오는 혼잣말.

현관 쪽으로 고개를 내미는 도준의 얼굴을 카메라맨의 렌즈가 바짝 따르고 있었다.

주방과 거실 경계에 선 작가는 고개를 끄덕이며 손짓을 보내고 있었다.

"왜 이렇게 늦게 왔어?"

"엘리베이터가 꼭대기에 있더라."

웃으며 말을 받는 재건은 조금 긴장한 낯빛이었다. 평소처럼 편안하게 대화하라던 방송 작가의 말도 전혀 소용이 없었다.

편집은 거치겠지만 지금 상황은 어쨌든 전파를 타고 화면으로 나가게 될 테니까.

'뭐라고 말을 꺼내야 할지 모르겠네.'

재건은 마른 목으로 침을 한 번 삼켰다.

자신을 주시하는 카메라들과 스태프들의 시선을 의식하지 않을 수가 없었다.

도준은 확실히 연예인이었다. 재건이 보니 평소보다 살짝 들떴고 혼잣말이 늘었을 뿐 달라진 점이 거의 없었다.

"엉망진창이지만 먹어라. 배 속에 들어가면 다 똑같아."

제멋대로 분해된 계란말이를 접시에 옮겨 담으며 도준이 말했다.

재건은 맞은편에 앉으며 젓가락을 들고 대답했다.

"이 정도면 훌륭하지. 남자가 혼자 살면서 계란말이를 시도했다는 것 자체가 대단한 거야."

"역시 그렇지?"

"어, 난 삶기도 귀찮아서 날계란 깨 먹어. 단백질 보강하려고 억지로."

"야, 그건 좀 심하지 않냐?"

도준이 어이없다는 듯이 웃으며 되물었다.

힐끗 시야에 들어온 작가의 표정이 좋았다.

'이런 식으로 대화하면 되는 건가.'

재건의 마음은 차츰 안정감을 되찾고 있었다.

"저거 내가 전에 왔을 때 술안주로 먹다 남은 치즈 아니야? 저걸 아직도 안 치우고 그냥 놔둔 거야?"

"그런 건 친구로서 못 본 척 넘어가자."

"술잔도 설거지를 안 했네?"

"일이 바빠서 집에 잘 못 들어와서 그래. 그만하라고 좀."

도란도란 대화가 지속되었다.

식사를 끝내고 설거지를 한 다음 도준과 재건은 거실 소파에 나란히 자리를 잡았다.

도준은 TV를 보고 재건은 노트북을 꺼내 시나리오를 작성했다.

도준이 커피를 한 모금 마시며 물었다.

"시나리오지? 거의 다 끝나가?"

"어, 이제 결말 부분만 조금 남았지."

"잘 써줘. 나 좀 더 멋있게 나오게."

"애초에 배우가 멋있는데 시나리오가 크게 영향을 끼칠까."

"와, 하재건 작가님. 카메라 의식하고 착한 척하는 거야? 평소에는 하지도 않던 좋은 말만 하시네."

"무슨 소리야. 진심인데."

또 한 모금의 커피를 마시고 난 도준이 질문을 이었다.

"쓰면서 어려운 부분은 없고?"

"으음……."

재건은 노트북에서 얼굴을 떼고 잠시 고민했다.

지금 도준은 민감한 대답이 나올 수도 있는 질문을 했다.

애초에 편집이 될 만한 발언은 절대 하지 않을 생각이었기에 재건은 신중했다.

"다 좋아. 편해."

"그래?"

"윤태성 감독님이 내 의견을 적극적으로 수용해 주셔서 수정해야 할 부분은 매번 논의하고. 그것도 몇 군데 없고."

"네가 소설 쓰면서 생각했던 대로 영화가 나올 것 같아? 이번에 시나리오 직접 쓰는 게 그런 이유 때문이잖아."

"뭐, 그렇지. 원작 분위기는 그대로 이어지지 않을까? 감독님이 워낙 능력이 좋으셔서 걱정도 없어."

영화에 대한 대화는 이 정도로 끝났다. 얼마간 더 녹화가 지속된 끝에 카메라맨이 카메라를 거둬들였다.

"고생들 하셨어요. 하재건 작가님 덕분에 좋은 장면 많이 건질 수 있을 것 같아요."

"전 별로 한 것도 없는데요. 고생하셨습니다."

도준은 지하 주차장까지 배웅해 주려고 재건과 함께 집을 나섰다. 엘리베이터에 오르면서 그는 재건의 어깨를 가볍게 쳤다.

"어땠어?"

"예상했던 것보단 쉬웠어. 그래도 카메라가 있으니까 평소처럼 자연스럽게 말이 나오진 않던데. 나 되게 딱딱해 보이지 않았어?"

"전혀. 멘트도 툭툭 던질 줄 알고 잘만 하던데?"

엘리베이터에서 내린 두 사람은 주차된 재건의 차 앞에 도착했다.

오늘은 연우가 동행하지 않았다.

'나 혼자 살아' 녹화가 끝난 이후 개인적인 일정이 있어서 였다.

"넌 오늘 새벽에 동해 현장 내려가지?"

"아마도. 두 주는 못 보겠다. 네가 한번 놀러 와. 시나리오 도 다 끝났고 당장 급하게 할 일 없잖아."

"급하게 할 일이 생길지도 몰라."

"무슨 일인데? 뭐 또 신작 쓰려고?"

"신작은 아니고. 확실하게 결정이 나면 그때 얘기할게."

"사람 궁금하게……. 알았어, 운전 조심하고. 전화해."

"그래, 들어가."

도준의 집을 나온 재건은 게임 회사 넥션 본사로 내비게이 션을 설정하고 액셀을 밟았다. 도준의 집에서 멀지 않아 금 세 도착할 수 있었다.

"재건아, 여기."

대로변에 서 있던 수희가 손을 들어 보였다. 재건이 갓길 에 차를 댔고 그녀는 재빨리 조수석에 올라탔다.

"감기 걸리게 왜 나와 있었어? 도착하면 전화한다니까."

"대충 올 즈음 돼서 나와 있었어. 얼른 출발해. 뒤에 차 온다."

'오스카의 던전' 게임화에 관한 이야기와 집들이를 겸한 만

남이었다. 재건의 집에서 저녁도 먹기로 했기에 수희는 차를 끌고 나오지 않았다.

"나 혼자 살아 녹화는 잘 끝났어?"

"응, 생각보다 어렵진 않더라고."

"방송 나가고 나면 너 알아볼 사람들 엄청 늘겠다."

"특징 없게 생겨서 그렇지도 않을 거야."

퇴근 시간이라 도로가 북적였다. 시간이 조금 걸려 집에 도착한 재건은 속도를 줄이고 차고로 진입했다.

'어?'

재건이 자기도 모르게 브레이크를 밟고 두 눈을 휘둥그레 떴다.

누나 재인의 경차가 주차되어 있었기 때문이다.

"누구 차야?"

"아, 그게…… 우리 누나."

비로소 지난주의 통화가 기억나는 재건이었다.

김장을 했으니 내주 중에 한 번 올라가겠다던 재인의 말에 아무 때고 오라고 대답을 했었다. 꽤 시일이 지난 일이라 잊고 있었는데 오늘이었다니.

이윽고 엔진 소리를 들은 재인이 현관을 열고 앞으로 나왔다. 차창 너머로 그녀와 재건, 그리고 수희까지 세 사람의 시선이 번갈아 교차했다.

"어머, 이분은 그…… 동기시라는 수희 씨?"

"안녕하세요. 오랜만에 뵙습니다."

수희가 냉큼 차에서 내려 정중하게 인사했다.

재인은 미소가 번지는 제 입을 손으로 가리고 어쩔 줄을 몰라 했다.

"아, 아니…… 안녕하세요. 내 정신 좀 봐. 아이 참, 재건이는 수희 씨랑 함께 올 거였으면 미리 전화를 주지 않고. 손님이 오시는 줄도 모르고 옷도 이렇게 후줄근하게 입고, 죄송해요."

"수희 오늘 일 때문에 온 거야, 누나."

재인은 동생의 말은 귓등으로도 듣지 않고 수희를 집 안으로 이끌었다.

"들어오세요. 재건이가 워낙 청소를 안 해서 집이 엉망이니 이해 부탁드릴게요."

재인은 수희를 식당으로 데려가 커피를 대접했다.

일상적인 안부가 오간 끝에 그녀는 눈치 빠르게 빈 잔을 들고 일어섰다.

"이제 돌아가야지."

"벌써 가려고?"

재인이 싱긋 웃으며 겉옷을 챙겨 들었다.

"수희 씨랑 일 때문에 만났다면서. 내가 시간 오래 빼앗으면 안 되지. 샤부샤부 재료 사다 놨으니까 해 먹어."

바로 그때, 수희가 뒤따라 일어서며 말했다.

"저녁 같이 드세요, 언니."

"으응……? 하지만 제가 있으면 일을……."

"일 얘기는 30분이면 끝나요. 언니 오랜만에 뵙게 됐는데 말씀도 더 듣고 싶고요. 샤부샤부 준비는 저도 도울게요."

재인은 기쁜 듯한 얼굴로 재건의 눈치를 살폈다.

재건은 대답 대신 싱크대로 가서 망에 든 양파를 하나 꺼내 들었다.

"다섯 개만 까면 되지?"

"야, 넌 나가 있어. 너랑 같이 있으면 방해만 돼."

재인이 재건을 주방 밖으로 밀어내고는 앞치마를 둘렀다.

수희도 그녀의 뒤를 이어 스웨터 위로 앞치마를 두르며 물었다.

"고기를 썰까요? 야채부터 먼저 손질할까요?"

"네? 아아아……."

재인의 얼굴에 또 한 차례 감탄이 일었다.

'저 뭐 하면 돼요?' 같은 질문을 하는 여자들은 애초에 주방 일을 별로 해본 적도 없고 도움도 되지 않는다.

수희는 한 수 앞선 질문으로 시작부터 능숙함을 어필하고 있었다.

"아, 아아…… 그럼 수희 씨, 야채 손질 부탁드릴게요."

"알겠습니다."

수희는 즉시 도마와 식칼을 꺼내 야채를 손질하기 시작했다. 한두 번 해본 솜씨가 아니어서 재인은 얼굴에서 웃음을 지우지 못했다.

"너무 놀랐어요, 수희 씨. 능력 좋은 커리어우먼이 요리도 이렇게 잘하면 이건 사기야, 정말."

"아니에요, 언니. 전 아직 멀었어요. 정진이에게 하시듯이 저한테도 말씀 편하게 하세요."

주방에서 시작된 두 여자의 웃음이 거실까지 들려왔다.

재건은 소파에 멍하니 앉아 앞으로 벌어질 일들을 예측하고 있었다.

누나는 처음 본 순간부터 수희에게 반했다. 게다가 지금 이 순간에도 계속해서 수희를 향한 점수는 올라가고 있다.

제발 쓸데없는 말만 하지 말아줬으면.

드르륵!

핸드폰이 울리며 전화가 걸려왔다.

상대의 번호를 본 재건은 두 눈을 가늘게 떴다. 굳이 전화를 걸어올 일이 없는 사람이기 때문이었다.

"여보세요?"

-네, 하 작가님. 혹시 저녁 드시는 중 아니시죠?

"아직 전입니다. 괜찮아요. 그런데 어쩐 일이세요? 고향 내려가셨잖아요."

전화를 걸어온 상대는 민호였다. 작가 사무실에서도 매일같이 보는 얼굴이었기에 어지간해서는 서로 전화를 걸 일이 없었다. 게다가 지금 민호는 본가에 내려간 와중이기에 더욱 그의 전화가 재건에게는 의아스러웠다.

―그냥…… 바다 보고 있으려니까 하 작가님 생각나서 전화 드려봤습니다.

"하하. 아니, 낭만적인 바다를 보시면서 예쁜 여자를 생각하셔야지 왜 저를 생각하세요."

―그러니까 말입니다. 하하하…….

민호의 음성이 지극히 낮았다.

웃음소리도 자연스레 우러나오는 것이 아니라 자조에 가까웠다. 전파를 통해 전해져 오는 그의 고민을 느끼고 재건은 물었다.

"무슨 일이신지 말씀해 보세요."

―집에서 결혼을 하라고 성화입니다.

민호는 의외로 금방 속내를 털어났다.

―제 나이 벌써 서른다섯인데 아직도 결혼은커녕 애인 하나 없다고, 온갖 잔소리를 듣고 여기 내려와서 아가씨 한 사람을 소개까지 받았네요. 이미 한 번 만났고 올라가기 전에

또 한 번 만나야 됩니다. 아버지 친구분의 딸이거든요.

"으음, 네."

—이제 고작 한 번 봤지만 착하고 싹싹한 성격 같습니다. 괜찮은 여자라는 건 바로 느꼈습니다. 그런데…….

"강 작가님 마음에 안 드신다는 거죠?"

—솔직히 말씀드리자면 그렇습니다. 정이 안 가요. 제 소설의 내용보단 인세에 더 관심이 많은 눈칩니다. 아, 오해하지 마세요. 그 여자를 흉보려는 마음은 추호도 없습니다. 결혼할 남자의 경제력을 보는 건 당연하니까요. 이해해요.

"네, 그렇겠죠."

—근데 문득, 정말 세상 모든 여자가 다 이럴까 싶은 생각이 들더라는 겁니다. 하 작가님, 저 나이 서른다섯에 겨우 희미하게나마 글쟁이로서 빛을 보기 시작했습니다. 하지만 여전히 미래는 불확실해요. 수익도 평생토록 들쭉날쭉하겠죠.

재건은 잠자코 민호의 넋두리를 들어주고 있었다.

처음에는 몰랐지만 민호는 술을 꽤 마신 듯했다.

—하지만 이런 저라도…… 평생 멋진 집과 차 같은 건 갖지 못할 글쟁이로 살아갈 인생이라도 지지해 줄 여자가 있지 않을까 그런 생각을 했던 겁니다. 찌질하게요.

그 말에 불현듯 재건은 은영의 얼굴을 떠올렸다.

고등학교 문예반에서 만나 오랜 세월을 알고 지낸 두 사람. 그들 사이에 흐르는 묘한 기류를 어렴풋하게나마 짐작하고는 있었다.

—그런 여자가…… 있을까요?

"있을 겁니다. 아니, 있어요."

재건이 추측을 확신으로 고쳐 대답했다. 애초에 민호도 은영이라는 이름의 해답을 원하고 전화를 걸어온 것은 아닐까.

하지만 재건은 한 걸음 물러나 말을 이었다.

"주변을 잘 둘러보시면 찾으실 수 있을 겁니다."

—…….

침묵 속에서 한동안 민호의 잘게 부서진 숨소리만이 이어졌다.

조미료가 어디 있는지 물어보려고 나온 재인은 심각하게 통화하는 동생을 보고는 말없이 돌아서고 있었다.

—고맙습니다, 하 작가님. 덕분에 용기가 생겼습니다.

한참 만에 민호가 상쾌해진 목소리로 대답했다.

—너무 오래 통화해서 죄송합니다. 좋은 밤 되시고 조만간 올라가면 뵙겠습니다.

"힘내세요, 강 작가님. 다 잘되실 겁니다."

—네, 그럼 쉬세요.

전화가 끊어지고 재건은 생각에 잠겼다.

통화 말미 민호의 침묵은 두려움 때문이었을 것이다.

마음을 털어놨다가 잘못된다면?

그래서 지금까지의 좋은 관계가 깨지기라도 한다면?

그 후폭풍을 과연 감당해 낼 수 있을지 두려워하고 있는 것이다.

"재건아, 통화 끝났어?"

수희의 목소리에 재건이 생각을 멈추고 고개를 들었다.

앞치마를 동여맨 수희가 대접으로 받친 국자를 손에 들고 있었다. 아직 상념이 가시지 않은 재건은 멍하니 수희를 응시하고 있었다.

"왜 그래? 안 좋은 통화였어?"

"어, 아니…… 아니야. 왜 불렀어?"

"이리 와서 간 좀 봐 줄래? 언니랑 나는 괜찮은데 너한테 어떨지 몰라서."

재건이 냉큼 일어나 다가가 섰다.

마주선 수희가 국물 고인 국자를 살며시 내밀었다. 간을 보기에 앞서 몇 번이고 후후 불어대는 재건을 보고 수희는 웃었다.

"안 뜨거워. 그만 불어도 돼."

"음…… 딱 좋다. 맛있어."

"역시 그렇지? 이제 거의 다 됐으니까 들어와."

식탁에 둘러앉은 세 사람은 즐거운 분위기 속에서 저녁을 먹었다.

식사를 하는 내내, 재인은 남동생의 입장이 난처해질 만한 이야기는 한마디도 꺼내지 않았다.

다만 수희와 쉴 새 없이 수다를 늘어놓으며 그녀가 몹시 자신의 마음에 들었음을 강력하게 주지시켰을 뿐이다.

식사를 마친 뒤에 세 사람은 커피를 한 잔씩 마셨다.

그리고 잠시 후, 설거지까지 자처해서 끝낸 수희가 화장실에 간 틈을 타 재건은 재인에게 말했다.

"벌써 9시니까 자고 가."

"그래도 돼?"

"그래도 되냐는 질문은 또 뭐야. 동생 집이 누나 집이지. 난 수희랑 일 얘기만 마무리하고 데려다주고 올게."

화장실에 갔던 수희가 돌아왔다.

어느새 그녀는 겉옷과 가방을 챙겨 떠날 준비를 갖추고 있었다.

"오늘 정말 즐거웠습니다. 맛있는 식사 대접해 주셔서 감사했어요, 언니."

"벌써 간다니 아쉽다. 수희 씨, 우리 꼭 또 봐요."

인사를 나누는 두 여자 옆에서 재건이 차키를 집었다.

수희가 그의 손을 누르며 고개를 가로저었다.

"택시 불렀어. 1분이면 도착할 거야."

"뭐? 내가 데려다줄 건데 왜?"

"언니를 이 넓은 집에 혼자 계시게 하려고?"

"아니, 수희 씨. 난 괜찮아요. 재건이 차로 편하게 가요."

"기왕 택시 불렀으니 오늘은 타고 갈게요. 얼마 걸리지도 않아요. 푹 쉬시고 다음에 또 뵙겠습니다."

수희는 정중하게 대답하면서도 끝내 자신의 입장을 굽히지 않았다. 현관을 나서는 그녀의 뒤를 따르며 재건이 못마땅한 표정으로 중얼거렸다.

"너랑 약속한 날인데 사람 미안해지게."

"미안하면 미팅하는 날 맛있는 거 사줘."

"그건 당연한 거고. 근데 일에 대해서 더 얘기할 거 없어?"

"응, 지금 단계에선 나도 어떻게 얘기가 진행될지 더 자세하게는 모르니까. 날짜 잡히면 바로 연락 줄게."

대문 앞으로 나오니 택시는 벌써 도착해 있었다.

뒷좌석 문을 열기 직전, 수희가 뒤늦게 생각났다는 얼굴로 재건을 돌아보았다.

"전에도 언뜻 지나가듯이 말했던 것 같은데. 우리 이사님 일은 잘하시는데 말투가 조금 직설적이고 가벼워. 그 부분만 미리 염두에 두면 당황스러울 일은 별로 없을 거야."

"그래, 어드바이스 고맙다."

"그럼 갈게. 누나랑 즐거운 시간 보내."

수희를 태운 택시가 멀어져 갔다. 재건은 택시가 시야에서 완전히 사라질 때까지 서 있다가 몸을 돌렸다.

　집에 들어오니 재인은 묘하게 착잡한 표정으로 거실 탁자를 닦고 있었다.

　"먼지도 없는 탁자를 왜 닦고 있어?"

　"저런 여자를 놓치는 남자는 등신 오브 등신일 거다."

　"뭔 선문답이야 그건 또."

　"그러게 말이에요, 똑똑하신 하재건 작가님. 나 샤워한다."

　재인이 갈아입을 옷을 챙겨 욕실로 들어갔다.

　재건은 소파에 멍하니 앉아 수희를 생각했다.

　곧이어 오늘 그녀와 만났던 이유가 떠올랐고 그는 핸드폰을 꺼내 넥션 홈페이지에 접속했다.

　어떤 종류의 모바일 게임들을 서비스하고 있는지 찾아보기 위해서.

50장
일은 일이지

도로 정체가 유난히 극심한 한낮이었다.

거북이처럼 기어가는 차 뒷좌석에서 규호는 짧고 강렬한 한숨을 훅 토해내고 있었다.

"죄송합니다, 이사님. 시내가 왜 이렇게 막히는지 모르겠습니다."

"원래 이 시간에 시내는 당연히 막히는 거 아닙니까?"

"아, 네…… 네."

"어쨌든 최대한 빨리 부탁드려요."

가까스로 회사에 도착했을 땐 약속한 시간보다 30분이 훌쩍 지나가 있었다.

규호는 차가 채 서기도 전에 뒷문을 열고 내렸다.

항시 느긋한 그는 지금 엘리베이터를 향해 뛰고 있었다.

엘리베이터 문이 열리면서 몇몇 사람이 내렸다. 그들 중 섞인 한 남자를 규호는 미처 알아보지 못했다.

'미치겠군.'

홀로 탄 엘리베이터 안에서 규호가 이를 악물었다. 예상보다 업무가 길어진 데다 최악의 도로 상황이 더해져 약속 시간에 늦어버렸다.

그것도 무려 30분이나.

드르륵!

수희로부터 전화가 걸려왔다.

규호는 이걸로 3번째인 그녀의 전화를 받자마자 대답했다.

"엘리베이터 안입니다. 올라가고 있어요."

─하 작가님 기다리시다가 조금 전에 돌아가셨습니다.

"네? 갔다고요?"

─신문사와의 인터뷰가 있는데 더 지체하면 늦을 것 같다고 하셨어요.

업무적인 수희의 음성이 여느 때보다 싸늘했다.

"끙."

규호는 땀으로 번들거리는 이마를 훔쳤다.

문득 엘리베이터 벽면의 유리에 비친 자신과 시선이 마주

쳤다. 짜증으로 잔뜩 구겨진 표정은 좀처럼 관리가 되지 않았다.

"알겠습니다. 일단 올라갑니다."

—네, 저는 서버 팀과 회의가 있어서 들어가겠습니다.

엘리베이터에서 내린 규호를 마케팅 팀 팀장이 맞았다. 규호는 그를 자신의 사무실로 데려와 자초지종을 들었다.

"……차가 몹시 막혀서 늦으신다고 계속 양해를 구했습니다만 신문사 인터뷰 때문에 어쩔 수 없다고 일어서더라고요. 더 이상 잡을 수가 없었습니다."

"다른 말은 없던가요?"

"네, 한마디도요. 얼굴도 기다리는 내내 무표정했습니다. 가만히 책만 읽고 있었어요. 무슨 생각을 하는지 도통 알 수가 없더라고요."

규호는 마른 입술을 혀끝으로 핥으며 텅 빈 허공을 응시하고 있었다.

30분이나 늦었으니 화가 날 수 있다는 건 이해한다.

하지만 내가 누군가.

한국 최대 게임 회사 넥션 기획 이사가 아닌가.

"내가 19금 고스톱 게임 만드는 벤처기업 핫바지도 아니고. 고작 30분이 그렇게 길었나?"

규호가 헛웃음을 터뜨리며 중얼거렸다.

대답을 바라고 한 질문이 아니었기에 팀장은 잠자코 기다리고 있었다.

"어떻게 생각하세요?"

"네?"

"자기 소설 IP 사들여서 몇억씩 주고 게임까지 만들어주겠다는데 사정이 있어서 30분 늦은 걸 못 기다리고 가? 좀 팔리는 작가라고 이름값 하나? 팀장님은 어떻게 생각하시냐고요?"

팀장은 곤궁한 기색으로 안경을 고쳐 쓰며 말을 아꼈다.

자신을 향한 규호의 시선이 계속되자 그는 어렵사리 입을 열었다.

"그게, 오늘도 봤고 예전에도 이 팀장과 기획 팀을 통해 직간접적으로 느낀 바로는 말입니다. 하재건 작가는 돈으로 움직이는 사람이 아닌 것 같습니다."

"......?"

"자신의 소설이 게임으로 만들어지는 것도 돈이 아니라 개인적인 기쁨, 혹은 명예 같은 거겠죠. 자기 성향과 안 맞으면 몇억을 줘도 안 할 겁니다. 벌써 올해 벌어들인 수익만 몇십억이 될 텐데요."

규호의 낯 위로 아주 잠시 놀란 기색이 스쳐 갔다.

재건의 작품 하나가 영화로도 만들어졌고 베스트셀러가

있다는 사실쯤은 알고 있었다.

하지만 실제로 몇십억이나 되는 수익을 일궈냈다니.

그것도 한 해 동안.

"요즘 세상에 글 써서 그렇게 돈이 되나?"

"장르 소설 시장이 나날이 커지고 있으니까요. 모든 작가가 다 잘 버는 건 아니지만요."

"이거 기획 팀 작가들 죄다 글 쓰겠다고 퇴사하기 전에 월급 올려줘야겠군. 아무튼 알겠어요. 대략 어떤 스타일인지 알겠으니 조만간 밖에서 보자고 합시다. 제가 사과도 할 겸 저녁 식사 한번 대접해야겠습니다."

"네, 이수희 팀장에게 그렇게 전하겠습니다."

팀장이 나가고 혼자 남은 규호는 남은 업무를 정리하기 시작했다.

약 1시간 후.

사내 전용 메신저를 통해 수희의 메시지가 날아들었다.

-하재건 작가님과 연락했습니다. 앞으로 일주일간 일정이 빠듯하고, 그다음 주는 촬영 중인 영화 때문에 동해에 일주일 정도 머물 예정이라서 확답을 드릴 수가 없다고 합니다. 보름쯤 후에 일정이 확실해지면 다시 연락을 드리겠다고 합니다.

"······?!"

규호가 '이것 봐라?' 하는 얼굴로 고개를 갸웃거렸다. 조소를 머금은 입술이 미약하게 떨리고 있었다.

"정말 바쁜 거야? 아니면 자존심 문제야?"

어느 쪽이든 규호에게는 관계없었다.

중요한 건, 과정이야 어쨌든 일이 되느냐 마느냐다. 생각 끝에 그는 즉시 핸드폰을 꺼내 들었다.

처음으로 재건에게 직접 전화를 거는 순간이었다.

―네, 하재건 선생님 매니저 이연우입니다.

"하 작가님 좀 부탁합니다."

―실례지만 어디십니까?

"넥션 남규호라고 하면 아실 겁니다."

―지금 선생님께서 인터뷰 중이십니다.

규호가 마른 목으로 침을 삼키고는 물었다.

"언제쯤 끝납니까?"

―심층 인터뷰라서 적어도 3시간은 걸릴 것 같습니다. 넥션 남규호 씨라고 하셨죠? 그렇게 전해 드리면 됩니까?

규호가 자기도 모르게 헛웃음을 터뜨렸다.

넥션 남규호 씨라니?

지금껏 들어본 적이 없는 호칭이었다.

"전화 부탁드린다고 좀 전해 주세요, 가능한 빨리."

-인터뷰 후에 바로 강연이 있어서요. 일단 그렇게 전해 드리겠습니다.

규호가 자기도 모르게 벌떡 일어섰다.

"이봐요, 매니저라고 하셨습니까? 반드시 통화를 해야 하니 전화를 꼭 주셔야 됩니다."

-그렇게 전해 드리겠습니다.

상대는 앵무새처럼 같은 말을 반복할 뿐이었다.

확답을 받지 못하고 전화를 끊은 규호는 거칠게 넥타이를 풀어 헤쳤다. 렌즈 때문에 유리처럼 빛나는 두 눈은 한껏 부릅뜨고 있었다.

1시간.

2시간.

3시간…….

아무리 시간이 지나도 전화는 오지 않았다.

퇴근한 규호가 집에 돌아와 잠자리에 들 무렵.

비로소 한 통의 메시지가 날아들었다.

-하재건입니다. 강연을 끝내고 돌아오니 시간이 늦어 전화 대신 문자를 드립니다. 이수희 팀장님을 통해 제 일정을 말씀드렸습니다. 당장은 여유가 없으니 보름 후에 다시 연락을 드리겠습니다.

"하하하……!"

규호가 천장을 우러러 웃음을 터뜨렸다.

이윽고 자리에서 일어난 그는 주방으로 가 찬장의 양주 한 병을 꺼내 들었다.

이미 잠은 전부 달아나 버렸다.

이튿날 아침.

넥션 모바일 기획 팀 휴게실은 직원들로 북적였다.

업무에 앞서 커피 한 잔으로 심신을 달래는 그들 사이에는 수희와 혜미도 섞여 있었다.

"이 팀장님, 어떡해요?"

"뭘 어떡해?"

핸드폰으로 신작 모바일 게임 뉴스를 읽던 수희가 고개를 들었다.

혜미는 어깨를 움츠리고 주변의 시선을 살펴본 뒤에 속삭이듯 말을 이었다.

"하재건 작가님이요. 어제 이사님 못 만나고 그냥 돌아가셨잖아요. 설마 이대로 오스카의 던전 쫑나는 건 아니겠죠?"

"나야 모르지."

"이사님은 별말씀 없으세요?"

수희가 나무라듯 쓰게 웃으며 되물었다.

"궁금한 것도 많아, 혜미 씨. 예전엔 안 그러더니 요즘 질문이 부쩍 늘었어?"

"아, 그, 그래요……? 전 그냥 궁금해서……."

당황한 혜미가 기어드는 목소리로 어물거렸다.

그녀에게는 재건에 관한 정보를 전해 줘야 할 사람이 있는 것이다.

"아무튼 이건 이사님 잘못이겠죠?"

"이미 결렬된 비즈니스에 잘잘못을 따져서 뭐해."

가느다란 한숨 속에 섞여 나오는 수희의 대답이었다.

사실을 두고 따지자면 잘못은 규호에게 있다는 것이 그녀의 생각이었다.

규호가 만나자고 제안했던 날짜는 어제.

재건은 오후 3시부터 일정이 있으니 그 이전은 아무 때고 좋다는 답변을 해왔다.

수희는 점심까지 빠듯한 규호의 일정을 알았기에 다음으로 미루는 것이 좋겠다고 판단했다.

하지만 쇠뿔도 단김에 빼라는 것이 인생 모토인 규호는 말을 듣지 않았다.

"기약도 없이 미루지 말고 1시 반에 보기로 합시다. 어차피 저랑할 얘기는 길어야 30분 걸리지도 않습니다. 세부적인 사항이야 팀장급 선에서 조율하면 되는 거 아닙니까."

그렇게 밀어붙인 결과가 이거였다.

빽빽한 일정에 어떻게든 재건과의 미팅을 끼워 넣으려다 일이 꼬여 버렸다고밖에 볼 수가 없었다.

'으음……?'

문득 사방이 고요해졌다.

수희가 의아한 표정으로 고개를 들었다.

어느새 나타난 규호가 양손을 주머니에 찔러 넣은 채 커피 메이커 앞에 서 있었다. 평소보다 딱딱한 그의 모습이 주변 직원들의 입을 다물게 만든 침묵의 원인이었다.

곧이어 규호는 김이 모락모락 피어오르는 머그컵을 들고 돌아섰다.

수희는 자신에게 다가오는 그의 앞에서 몸을 일으켰다.

"나오셨어요, 이사님."

"그냥 앉아 있어요."

규호가 수희의 맞은편 의자를 빼고 앉았다.

혜미는 냉큼 의자에서 일어나 자리를 피해주었다.

덩달아 다른 직원들도 각자의 자리로 허겁지겁 돌아갔다.

"안색이 안 좋으세요."

둘만 남은 휴게실에서 수희가 먼저 입술을 뗐다.

규호는 말없이 창밖을 바라보며 머그컵을 들어 입가로 가져갔다. 곧이어 두 눈이 까뒤집혔다.

"아씨, 뜨거워!"

"조심하셔야죠. 입술 데이신 거 아니에요?"

수희가 주머니에서 물티슈를 꺼내 건넸다.

규호는 세 장을 연달아 뽑아 입술을 벅벅 문지르고는 침음을 흘렸다.

"내 정신이 어디로 갔는지 모르겠군."

"잠을 못 주무셨어요?"

"아니, 별로 그런 것도 아닌데."

시선을 내리깐 규호는 손 안의 물티슈를 구깃거리고 있었다. 어딘지 조바심이 느껴지는 손짓이어서 수희마저 긴장했다.

"어제 하 작가한테 전화를 걸었습니다."

"……?"

"이 팀장님에게 들었던 것과 똑같은 답변을 받았어요. 그래서 부탁 좀 드리려고요."

"말씀하세요."

규호가 통증이 느껴지는 자기 아랫입술을 매만지며 말을 이었다.

"최대한 빨리 하재건 작가를 만나야겠습니다. 보름 후에 나 다시 얘기를 하자는데, 나가리 난 상태로 길게 끌어봤자 서로에게 좋을 게 없으니까."

거기까지 말하고 난 규호가 자기 핸드폰을 꺼내 화면 하나를 띄웠다.

'오스카의 던전'을 또 증쇄한다는 래프북스 블로그의 게시물이었다.

규호의 손가락은 게시물 아래로 이어지는 천 단위의 댓글을 또드락거리고 있었다.

"중학교 다니는 조카가 말하길, 요즘 친구들 사이에 오스카의 던전 모르면 간첩이라고 한다더군요. 여학생들도 좋아한답니다. 배우 박도준과 친하다는 이유로."

"네, 아무래도 그런 경향이 있을 거예요."

"때로는 시장 통계보다 이렇게 들려오는 말 한마디가 더 가슴에 확 와 닿거든요. 제가 하 작가의 급을 너무 낮게 여겼는지도 모르겠다는 생각이 들었습니다."

수희가 미묘한 웃음을 짓는 가운데 규호의 말은 계속되었다.

"결론만 말하자면 난 하 작가 놓치기 싫습니다. 보름씩이나 기다리고 싶지도 않고. 이 양반 어쩌면 우리 회사 직원들 업무 시간을 고려하고 있는 걸지도 모르겠는데, 이렇게 말해주세요. 시간도, 날짜도, 장소도 관계없다고. 그럼 수고해요."

빠르게 말을 마친 규호가 자리에서 일어섰다. 그가 휴게실에서 나가고 수희는 핸드폰으로 메시지를 보냈다.

-재건아, 혹시 지금 통화 가능하니?

30초가 채 지나지 않아 바로 전화가 걸려왔다.

수희는 웃음을 머금은 얼굴로 전화를 받았다.

"빠르다."

-더 빨리 걸 수 있었는데 양치질하고 있었어. 무슨 일이야?

"응, 그게……."

수희는 차분한 어조로 규호의 말을 전했다. 이야기를 다 듣고 난 재건은 딱히 고민하지도 않고 대답했다.

-그게 가능하면 나야 고맙지. 나는 너희 회사 업무 시간이 9시부터 6시까지니까 기본적으로 거기 맞출 생각을 하고 있었던 건데.

"아, 그랬어?"

규호의 전략은 주효했다.

비로소 안도한 수희는 가슴을 쓸어내릴 수 있었다.

-동해 내려가기 전까지 오후 9시 이후라면 문제없다. 이사님하고 얘기해 본 다음에 다시 연락 줘.

"알았어, 재건아. 고마워."

—고마운 건 나야. 돈 벌게 해준다는데.

전화를 끊은 수희는 남은 커피를 마시고 경쾌하게 화장실로 향했다. 칫솔질을 하면서 마주 보이는 얼굴에는 웃음이 그치지 않고 있었다.

BIG LIFE

"재건이 형, 안 피곤하시겠어요?"

"괜찮아. 너야말로 피곤할 텐데, 내가 미안하다."

'나 혼자 살아' 장면을 보강하기 위한 녹화가 조금 전에 끝났다.

차에서 30분 정도 눈을 붙인 연우와 재건은 이제 다음 약속 장소로 향하는 중이었다.

"아니 무슨, 형 등장하는 장면은 10분이나 돼요? 그걸 갖고 3시간이나 녹화를 시키고 그래요?"

"도준이는 오죽할까 싶더라. 연예인들 얼마나 힘들지 상상도 안 간다."

밤 9시가 가까워 오는 세상은 어둑했다.

차가운 가을비가 연신 차창을 때리고 있었다. 연우는 와이퍼의 회전 속도를 높이고는 화제를 바꿔 말을 이었다.

"남규호가 이사였을 줄은 몰랐어요. 검색해 봤더니 좀 나

오더라고요. 나이는 37살인데 결혼은 아직 안 했고요."

"그래?"

"잘생기긴 했는데 제가 좀 싫어하는 스타일이요. 그 뭐지, 학생회장 스타일이라고 해야 되나? 아, 학교 다닐 때 그런 애들 있었잖아요. 막 표정이랑 몸짓 하나하나에서 자신감이랑 기운 폭발하는 그런 애들이요."

"무슨 말하는지 알 것 같다."

재건이 웃으며 고개를 끄덕였다.

함께 웃던 연우가 일시에 표정을 굳히고는 나직이 중얼거렸다.

"아무튼 지가 이사든 뭐든 알게 뭐야. 약속을 했으면 지켜야지 감히 풍천유 작가님을 바람맞혀?"

"그 소리 벌써 열 번도 넘게 했어. 이제 그만해."

약속한 횟집 근처 주차장에 연우가 차를 세웠다.

우산을 챙겨 들고 먼저 내리려는 그를 재건이 붙잡았다.

"나오지 마. 이대로 먼저 들어가."

"괜찮아요, 형. 노트북으로 글 쓰면서 기다리고 있을게요."

"내가 안 괜찮으니까 말 들어. 오늘 나 때문에 저녁도 제대로 못 먹고 고생했어. 들어가서 작가님들이랑 저녁 먹어."

재건이 지갑에서 10만 원 수표 한 장을 꺼내 연우의 주머니에 넣어주었다.

연우는 난처해져서 이러지도 저러지도 못하고 어물거렸다.

"계속 이렇게 챙겨주실 거면 월급은 왜 따로 주시는데요."

"네가 글로 밥 벌어먹는 순간부터 감봉할 테니 그리 알아. 나 내리면 바로 출발해라. 움직이는 거 보기 전엔 나도 안 들어간다."

재건이 우산을 들고 차에서 내려섰다.

연우는 창문을 내리고는 얼굴을 쑥 내밀며 말을 이었다.

"형, 저 진짜 배도 안 고프고 여기서 기다려도……."

재건이 미간을 좁히며 짐짓 험악하게 인상을 구겼다. 연우는 차마 더 말을 잇지 못하고 마지못해 뒤로 몸을 뺐다.

"아우, 알았어요……. 형, 그럼 저 먼저 들어가 볼게요. 근데 이따가 미팅 끝나고 부르시면 제가 바로 모시러……."

"한마디만 더 하면 너 진짜 해고한다?"

"아아아~ 알았어요! 알았어요! 갈게요, 출발하면 되잖아요!"

연우가 사색이 되어 창문을 올리기도 전에 액셀을 밟았다.

재건은 멀어지는 차를 보며 싱긋 웃고는 횟집을 향해 돌아섰다.

"어서 와, 재건아."

방 안쪽에 앉아서 기다리고 있던 수희가 손을 들며 반

겼다. 재건은 두 눈이 휘둥그레 변해서 신발을 벗고 방으로 올라섰다.

"왜 이렇게 일찍 왔어?"

"예약도 못 했는데 자리 없을까 봐 걱정돼서. 앉아. 이사님이랑 마케팅 팀장님도 금방 오실 거야."

재건이 맞은편에 앉으려다 말고 수희의 옆자리를 가리키며 물었다.

"내가 네 옆으로 앉는 게 좋겠지?"

"……으응? 어, 그렇겠지?"

재건이 수희의 옆에 앉아 겉옷을 벗었다. 수희는 재건 쪽으로 비스듬히 놓았던 발끝의 방향을 반대로 고쳐 앉았다.

상대가 재건이기 때문일까.

맞은편 좌석은 텅 비었는데 둘이서 나란히 앉아 있으려니 겸연쩍은 느낌이었다.

"여기 오랜만에 오네."

벗은 겉옷을 옆에 개어놓으며 재건이 중얼거렸다.

"오랜만이라고?"

"어, 나 장르 소설 나가고 있는 래프북스 대표님이 스타북스에 계셨을 때 소미 씨까지 셋이서 여기서 먹은 적 있었어. 전속 계약 제의받았던 인상적인 날이라 기억하고 있지."

"그렇구나."

"좋은 사람들이야. 너도 봤잖아."

수희가 말없이 고개만 가볍게 끄덕였다.

재건의 말을 부정하는 건 아니었다.

소미를 딱히 인정하고 싶지 않을 뿐이었다.

처음 재건의 원룸에서 만났던 날부터 알게 모르게 소미의 존재가 거슬렸다.

"오스카의 던전 삽화 잘 그렸더라."

침묵으로 일관하기 애매했던 수희가 인사치레로 대답을 이었다.

재건이 반가운 듯이 웃으며 말을 받았다.

"그래서 가능하면 원화도 부탁하려고."

"원화……?"

수희가 놀라서 되묻는 사이에 횟집 문이 열렸다.

마케팅 팀장과 규호가 들어오고 있었다.

"이쪽이에요, 이사님."

수희를 따라 재건도 자리를 털고 일어섰다.

기세 좋게 신발을 벗고 올라선 규호는 재건에게 묵례하고는 손을 쭉 뻗었다.

"안녕하십니까, 넥션 기획 이사 남규홉니다. 반갑습니다."

"네, 안녕하세요. 하재건입니다."

재건이 손을 내밀어 악수를 나눴다.

두 사람의 시선이 지척에서 마주쳤다. 규호의 날카로운 시선을 재건은 담담하게 받아들이고 있었다.

"일전의 일은 제가 정말 죄송했습니다."

악수를 마친 규호가 맞은편에 몸을 앞히며 말문을 열었다.

"본의 아니게 큰 결례를 해버렸습니다. 정말 차가 그렇게 막힐 줄은 몰랐습니다."

"괜찮습니다."

"기왕 기다리신 김에 조금만 더 기다려 주셨으면 좋았을 텐데요."

"저도 그러고 싶었지만 나올 때 이미 2시가 넘어 있었습니다. 이제 미팅을 하게 되더라도 2~30분 내로 제대로 된 대화가 가능할 리 없다고 판단했습니다."

규호의 두 눈이 가늘게 변했다. 눈앞의 재건은 한순간도 시선을 피하지 않고 의연하게 대답을 잇고 있는 것이다. 희미한 웃음을 머금은 표정에서는 감정이 거의 드러나지 않았다.

"그럼 저기, 이사님. 주문부터 할까요?"

"제가 모둠으로 시켰어요, 박 팀장님."

"아, 그래요? 역시 이 팀장님 뭐든지 신속하셔."

주문한 회와 음식들이 상 위 가득히 깔렸다.

마케팅 팀 박 팀장의 입을 통해 본격적인 얘기가 시작되었다.

넥션의 국내 및 국외시장 점유율에서부터 '오스카의 던전' 개발 팀 신설 건, 나아가 게임성에 관한 이야기까지 짧지 않은 설명이 이어졌다.

재건은 초장에 찍은 회 한 점을 우물거리며 묵묵히 말을 듣고 있었다. 통과의례와도 같은 박 팀장의 설명은 솔직히 지루하기 짝이 없었다. 구원투수로 등장한 사람은 규호였다.

"그만하면 됐습니다. 밤은 짧고 해야 할 얘기는 기니 중요한 얘기로 넘어갑시다."

규호가 물수건으로 손을 닦으며 단도직입적으로 말했다.

"하 작가님의 의향이 어떠신지 바로 듣고 싶습니다. 저희 회사는 아실 만큼 아실 겁니다. 잰체하려는 게 아니라 사실을 말씀드리는 겁니다."

"무슨 말씀이신지 이해합니다."

"오스카의 던전은 최근 장르 시장에서 이슈가 크더군요. 앞으로도 흥행할 여지가 얼마든지 남았습니다. 게임으로 만들기 좋은 원작이란 점도 중요하겠지만, 그보다 제가 더 중요하게 생각하는 건 당연히 이슈입니다. 오스카의 던전을 좋아하는 하 작가님 독자가 전부 자기 핸드폰에 게임을 설치하길 원해요. 원래 게임을 안 하던 사람들이라도 말입니다."

말이 빨라지는 규호를 보며 수희는 조금씩 불안해졌다.

일 얘기에 몰입했다 하면 주변 상황을 고려하지 않는다.

생각난 말을 날 것 그대로 속사포처럼 쏟아낸다.

"넥션이 가진 힘으로 할 수 있는 모든 지원 사격을 할 겁니다. 게임이 출시되기 전에 마케팅 일환으로 웹툰도 서비스할 생각입니다. 이건 마케팅 팀 박 팀장님 의견이었습니다."

규호가 옆자리의 박 팀장을 가리키며 공을 돌렸다.

박 팀장은 수줍은 듯 웃으며 고개를 살짝 주억거렸다.

"좋게 봐 주셔서 고맙습니다."

재건이 규호를 바라보며 대답했다.

규호는 서글서글하게 웃으며 양어깨를 으쓱해 보였다. 이제 재건이 대답을 해야 할 차례였다.

"웹툰 얘기가 나와서 여쭤보겠습니다만, 혹시 이사님께서는 오스카의 던전을 읽으셨습니까?"

"당연히 나온 데까진 다 봤습니다."

"그럼 삽화를 보셨겠네요. 그 삽화를 그린 분이 웹툰을 맡았으면 좋겠습니다. 가능하다면 원화나 그런 부분까지도요."

규호가 팔짱을 낀 채로 픕 하고 웃음을 터뜨렸다. 재건 옆의 수희가 시선을 아래로 내리깔았다. 역시 규호가 오기 전에 이 부분에 관해서라도 확실히 말을 마쳤어야 했다.

"왜 그러시죠?"

"아, 웃어서 죄송합니다. 그분이 그린 삽화 나쁘진 않았어요. 한데 저희 회사에서 출시되는 신작의 원화를 맡을 만큼 좋은 퀄이냐 하면 그건 전혀 아니거든요. 인지도 있는 분도 아닌 것 같고. 그 부분은 다시 생각해 보시죠."

규호가 젓가락을 집으며 덧붙였다.

"하 작가님이 아직 사회 경험이 적으셔서 그런가 소년 같은 면이 있으시네요."

수희의 가슴이 철렁 내려앉았다.

규호 본인은 별 뜻 없이 평소처럼 내뱉은 말이겠지만 사회 경험 운운은 십중팔구 사족이다.

다행스럽게도 재건은 대수롭지 않게 웃으며 말을 받았다.

"제가 물정을 잘 몰라서 한번 여쭤봤던 겁니다. 그 부분은 추후 팀장님들께 자세히 듣기로 하겠습니다. 다만 웹툰을 하게 된다면 이것만은 꼭 삽화가에게 부탁했으면 합니다. 부족한 연출은 좋은 콘티로 해결할 수 있을 테고요."

규호 대신 박 팀장이 답변했다.

"네, 하재건 작가님. 제가 꼭 그렇게 되도록 챙기겠습니다."

"고맙습니다. 그렇다면 저도 더는 이견 없습니다."

재건이 수긍하고 대화가 끝났다.

규호는 손가락을 튕겨 종업원을 불렀다.

"맥주 두 병이랑 음료수 컵 4개만 갖다 줘요. 우리 즐겁게 이야기를 마쳤으니 소맥 한 잔씩 합시다."

규호가 직접 4개의 잔에 소주와 맥주를 3 대 7 비율로 섞었다.

　재건에게 가장 먼저 잔을 내밀며 그는 말했다.

　"한잔 하시죠. 혹시 소맥 못 하십니까?"

　"소맥 한 잔 못 마실 만큼 사회 경험이 적지는 않습니다."

　언뜻 예사로운 농담과 같은 재건의 대답에 뼈가 있었다.

　규호의 눈가에 인 희미한 경련이 주변에서 알아보기 전에 금세 멎었다.

　"정말 반갑습니다. 앞으로 잘되었으면 좋겠습니다."

　"저도 그렇습니다."

　네 사람이 잔을 높이 들어 건배했다.

　규호는 고개를 뒤로 꺾고 목젖 너머로 술을 꿀꺽꿀꺽 넘겼다. 거의 동시에 다 마신 잔을 내려놓은 재건과 그의 시선이 마주쳤고, 두 사람은 각자 다른 의미의 웃음을 머금었다.

회장
나 혼자 살아

부천의 작가 사무실.

"정말 축하드려요, 하 작가님."

"이번에는 확실하게 제작될 것 같네요."

태원과 소미가 한마디씩 축하를 건넸다.

'오스카의 던전' 구두계약에 관한 재건의 말을 듣고 난 직후였다. 래프북스를 통해 출간되었으니 당연히 고지해야 할 사람들이기도 했다.

"게임이 하루 이틀 만에 뚝딱 만들어지는 것도 아닐 테고, 저는 짧아도 1년 보고 있어요."

"아무래도 그렇겠죠."

"최종적으로 IP 계약 체결하고 나면 기획안 나올 거고, 그럼 전 그때부터 거기에 맞춰 시나리오 쓰기 시작하면 될 테고. 그래서 이사라는 분 만난 김에 시원하게 수락했어요. 일정이 여유로워서요."

주방으로 갔던 소미가 커피 세 잔을 쟁반에 받치고 돌아왔다. 그녀를 두 눈에 담은 채로 재건이 말을 이었다.

"마케팅하면서 웹툰도 만들 생각인 것 같아요."

웹툰이란 말에 소미는 즉시 반색했다.

"좋다! 코믹 KT랑 연계해서 웹툰 서비스하면 홍보 효과 좋을 것 같아요. 아니면 네이빈이나 다움도 있잖아요."

"그래서 소미 씨 도움이 필요해요."

"……네?"

웃음기가 밴 채로 소미의 얼굴이 멍해졌다.

재건의 시선은 태원에게로 옮겨가고 있었다.

"소미 씨가 웹툰을 그려주셨으면 좋겠어요, 대표님."

"아아, 네."

"저는 소미 씨 그림이 좋아요. 그래서 소미 씨의 그림을 제대로 살려줄 콘티맨이 필요합니다."

재건의 목소리에 힘이 실렸다.

소미는 지금껏 자신의 여러 흥행작을 편집한 사람이다.

편집자가 아닌 독자로서 건네준 응원과 격려도 헤아릴 수 없다. 그 모든 순간은 재건의 인생 속에서 매번 뚜렷한 힘이 되어주었다.

"소미 씨라면 제 작품의 세계관을 제대로 이해하고 그림으로 표현해 주실 수 있을 겁니다."

실력 다음은 인성이다.

소미라면 업무적으로 소통이 어려울 까닭이 없다. 고난이 닥쳐오더라도 신뢰를 잃을 일은 없으리라. 지금까지 함께해 온 시간으로 충분히 검증됐다.

"하 작가님, 그래도 제 그림은……."

소미가 겁먹은 얼굴로 말끝을 흐렸다.

재건은 씩 웃으며 그녀가 표지를 그린 '오스카의 던전' 한 권을 책상 위에 내려놓았다.

"소미 씨 프로잖아요. 벌써 그린 일러스트만 얼맙니까? 전 소미 씨 만화 습작도 다 봤어요. 자신감 가지세요. 원작자가 좋다고 하는데 무슨 말이 더 필요해요?"

"하 작가님 눈에만 좋게 보이는 건 아닌지 해서요."

"내가 봐도 좋아요, 정 대리. 정 대리 그림 안 좋으면 래프 북스에서 나가는 책들 표지를 맡겼겠어요?"

태원도 옆에서 웃는 얼굴로 거들었다.

소미는 시선을 내리깐 채 생각하는 모습을 보였다.

자신이 그린 '오스카의 던전' 표지를 오래도록 내려다본 끝에 그녀는 고개를 치켜들었다.

"고맙습니다. 할게요."

생각을 마친 소미의 목소리가 더없이 씩씩해져 있었다.

"하 작가님 말씀 믿고, 권 대표님이 좋은 콘티 붙여주실 거라는 점도 믿고 열심히 해볼게요."

"그래요, 그거죠."

재건이 손바닥을 들어 보였다.

소미는 겸연쩍게 웃으며 손바닥을 들어 그와 맞부딪쳤다.

"그럼 계약 비롯해서 나머지 부분들은 대표님께 잘 좀 부탁드리겠습니다."

"네, 하 작가님은 걱정하지 마시고 영화 남은 작업에 집중하세요."

"고맙습니다. 리카, 이제 가야지?"

창틀에 앉아 바깥을 주시하고 있던 리카가 쪼르르 내려왔다.

재건은 리카를 가슴에 안아 들고 일어섰다.

"이제 내려가시면 언제 올라오실지 모르시는 거죠?"

"네, 동해 촬영 마지막 날까지 있을지도 몰라요. 현장에서 시나리오 바뀔 일 생기면 그때그때 감독님이랑 상의해야 해서요."

"엄마한테 하 작가님 잘 챙겨주시라고 말씀드려뒀어요."

"엄청 잘 챙겨주시는데요. 소미 씨네 민박은 5성 호텔이에요. 그럼 갑니다."

현관에서 신발을 신은 재건이 문득 몸을 뒤로 돌렸다.

비로소 사무실에 작가가 아무도 없음을 깨달았다.

"오늘따라 썰렁하네요."

"그러게요. 공교롭게 다들 일이 생겼네요. 양 작가님은 친구들이랑 여행 가시고, 장 작가님이랑 이 작가님은 집에 가셨고."

민호에 관한 얘기는 아무도 입 밖에 꺼내지 않았다. 일주일이면 올라오겠다던 그는 집안 사정으로 한동안 더 머물러야겠다는 연락을 해왔다. 소설 원고도 그곳에서 집필하고 메일로 보내오고 있었다.

"항상 북적이던 사무실이 조용하니까 쓸쓸해요."

침묵 속에서 소미가 나직이 꺼낸 말이었다.

재건은 쓸쓸히 웃으며 현관문을 열었다.

복도에 고여 있던 냉랭한 공기가 온몸을 휘감았다.

BIG LIFE

─누나, 정말 안 나올 거예요? 구두쇠 현경이 형이 곱창을 쏜다잖아요!

"입맛 없어서 그래. 슬슬 졸리기도 하고. TV 좀 보다가 자고 있을 테니까 둘이서 천천히 먹고 와."

─알았어요, 그럼 좀 싸 갖고 갈게요. 아, 누나! 오늘 나 혼자 살아 하는 거 기억하고 있죠?! 본방사수!

"알고 있어. 이따 봐야지. 그럼 끊어."

은영은 핸드폰을 내려놓고 두 손을 키보드 위로 되돌렸다. 고요 속에서 울리는 그녀의 타자 소리는 무겁고 느렸다. 글줄이 좀처럼 뽑히지 않는 날이었다.

'무슨 일이 생겼나…….'

민호에 대한 잡념으로 머릿속이 복잡했다. 일주일이면 올라오겠다던 사람이 아직까지 기별도 없다.

무슨 일로 내려갔는지 알기에 개인적으로 연락은 못 했다. 다만 소미에게 지나가듯 물었을 때, '집안 사정이 있는 것 같다'는 식의 대답은 들었다.

'혹시 그 여자랑 잘된 건가.'

소개받은 여자와 잘 맞아서 더 머무르게 된 거라면 좋은 일이다. 웃어줘야 할 일이다. 하지만 은영은 좀처럼 웃을 수가 없었다.

'후우…… 오늘은 그만 쉬어야지.'

은영은 워드 프로그램을 저장하고 노트북을 껐다. 전개도 막막하고 기력도 없었다. 간단히 저녁을 먹을 요량으로 그녀는 몸을 일으켰다.

삑삑삑삑.

그때 현관에서 비밀번호를 입력하는 신호음이 울렸다.

은영이 한쪽 눈두덩을 찌푸렸다.

재건은 동해에 내려갔고 이 시간에 올 사람이 마땅히 없는 것이다.

"형……?!"

이윽고 문이 열리자 은영은 입을 반쯤 벌렸다.

문턱 앞에 민호가 서 있었다. 고향으로 내려갈 때와 꼭 같은 정장 차림에 캐리어를 끌고 있었다.

아니, 온몸이 비에 푹 젖었다는 점만이 달랐다.

"어떻게 된 거야, 형? 비는 왜 이렇게 맞았어?"

은영이 헐레벌떡 수건을 가져다주며 물었다.

민호는 받은 수건으로 젖은 얼굴을 닦으며 대답했다.

"걸어오는데 갑자기 쏟아지네."

"집안에 일 있었다면서? 해결돼서 올라온 거야?"

"어, 뭐 그렇지."

"감기 걸리기 전에 씻고 옷부터 갈아입어. 저녁은 먹었어?"

"아직, 너는?"

"나도 이제 먹으려던 참이야. 내가 차릴 테니까 씻어."

민호가 욕실로 들어간 사이에 은영은 저녁을 준비하기 시작했다. 채소를 다듬는 손길이 빨랐다. 없던 기운이 샘솟고 있었다.

"좋은 냄새 난다."

"현경이가 집에서 청국장 가져왔어. 금방 되니까 앉아."

식사가 준비되고 민호와 은영은 마주 앉아 수저를 들었다.

말없이 먹기만 하면서 한동안 시간이 흘렀다.

침묵을 깨고 먼저 입을 연 쪽은 은영이었다.

"내려가서 일은 다 잘됐어?"

은영이 언급한 '일'에는 여자 문제도 포함돼 있었다. 아는지 모르는지 민호는 건성으로 고갯짓만 해 보였다.

"너도 별일 없었지?"

"사무실에서 글만 쓰고 있었는데 별일이랄 게 뭐 있어."

"그래……."

"……."

두 사람은 저마다의 어색함으로 눈길 한 번 마주치는 일 없이 식사를 끝냈다.

민호가 설거지를 하는 동안 은영은 그의 젖은 정장을 고르게 펴서 옷걸이에 걸었다.

각자 양치질까지 끝내고 났을 때 은영이 말했다.

"오늘 하 작가님 나 혼자 살아 나오는 날이야. 이제 금방 시작하겠다."

"아, 그러네. 봐야지."

"맥주 한잔 마시면서 볼래?"

"좋지."

TV를 켜니 '나 혼자 살아'가 방영 전 광고를 내보내는 중이었다.

두 사람은 나란히 소파에 앉아 맥주를 홀짝였다.

은영은 다리를 꼬고 앉아 TV를 지그시 바라보았다. 평소였다면 모로 드러누워 거리낌 없이 민호에게 두 다리를 올렸을 것이다. 뻐근하니까 주물러 달라고 조르기도 하면서.

하지만 이제는 그럴 수 없다.

민호가 여자를 소개받기 위해 고향에 내려갔을 때부터 둘 사이에 벽이 생겼다. 자신의 힘으로는 깨부술 수 없는 단단한 벽이.

"벌써 다 마셨네."

"한 캔 더 줘?"

"내가 가져올게."

"내 것도."

민호가 새 맥주를 가져왔을 때 '나 혼자 살아'가 시작되었다.

도준의 모습이 화면을 채웠고 덕분에 대화가 이어졌다.

"도준 씨 너무 자연스럽다. 진짜 피곤해 보여. 연출 없는 거 같아."

"하 작가님 말씀 들어보니까 연출은 있더라. 최대한 자연스럽고 재미있는 쪽으로 구성하는 거지."

"그렇구나. 실제로 사무실에서도 봐서 그런지 다른 연예인들보다 감정이입이 잘돼."

"나도. 더 재밌다."

잠시 후, 도준이 엉망진창으로 계란말이를 만드는 사이에 재건이 집으로 찾아오는 장면이 펼쳐졌다.

은영이 무릎을 탁 치며 소리치듯 중얼거렸다.

"하 작가님 방송 나가신다고 헤어스타일 신경 쓰셨네. 평소보다 힘 들어간 거 봐."

"하하하, 그러네."

대답하는 민호의 웃음이 허탈했다.

TV 속의 재건에게는 미안하지만 내용이 전혀 눈에 들어오지 않았다.

지금 은영과 이런 대화를 하고 있을 때가 아닌데.

"영화 얘기 저거 인터넷에 말 나올 거 같지 않아? 우재훈 감독이랑 엮어서?"

"그럴까?"

"형, 피곤해? 기운이 없어 보여."

"간만에 맥주 마시니까 노곤해서 그래."

식사를 마치고 커피까지 마시고 난 재건이 도준의 집을 떠나고 있었다.

그러나 재건의 등장은 이것으로 끝이 아니었다.

얼마간 방송이 진행된 후, 이번엔 카페에서 도준과 재건이 또 한 차례 만나고 있었다.

"이게 보강한다고 또 녹화했던 거구나. 하 작가님 나오는 장면이 재미있다고 추가로 카페에서 또 녹화했다고 하더라고."

"아하."

TV 속의 도준과 재건은 커피를 마시며 일상적인 대화를 나누고 있었다. 이런저런 얘기 끝에 도준이 화제를 바꿔 묻고 있었다.

[너네 작가 사무실 또 놀러 가고 싶다. 나 그때 놀러가서 해신탕 완전 잘 얻어먹었잖아.]

[그래, 너 완전히 사무실 스타 됐지. 장 작가님이 너 멋있다고 입이 마르도록 칭찬하시던데?]

"어머, 형! 우리 얘기 나와."

은영이 환히 웃으며 말했다. 민호마저도 없던 흥미가 생겨서 소파 깊숙이 기댔던 상체를 들고 고개를 내밀었다.

[사무실 작가님들은 다 잘 지내시지?]

[어, 음…….]

[뭐야? 뭔가 문제가 있음을 암시하는 듯한 그 표정은 뭐지?]

[그냥 한 작가님이 고민을 하시는데 내가 별다른 도움을 드릴 수 있는 게 없어서.]

[누군데? 장 작가님? 강 작가님? 아니면?]

[그건 말하기 좀 그렇다. 보고 있을지도 모르는데.]

꿀꺽.

민호가 목울대를 울리며 침을 삼켰다.

자신에 관한 얘기라는 확신이 섰다. 전혀 예상지도 못한 전개 앞에서 그는 긴장으로 온몸을 굳혔다.

[알았어. 그럼 어떤 고민인지만 말해봐.]

[좋아하는 사람 고민.]

[이야, 그런 건 또 내가 전문이지. 어떤 고민인데?]

[작가는 수익이 일정치 못하잖아. 그런 자기를 진정으로 좋아해 줄 사람이 있는지 물어보시더라고. 간단히 말하자면 그래.]

[그래서 뭐라고 대답했어?]

[있을 거라고 했지. 주변에 있을 테니 꼭 찾아보시라고.]

"……!"

이제는 민호에 이어 은영마저 온몸이 경직되었다.

곁에 앉은 서로를 의식한 채 이어지는 말은 한마디도 없는 상황.

방송은 계속되고 있었다.

[그럼 보고 계실지도 모르니 카메라 보고 한 말씀 드리는 건 어때?]

[그럴까? 작가님, 힘내세요. 반드시 성공할 겁니다.]

재건이 조금은 수줍은 얼굴로 카메라를 쳐다보며 주먹을 불끈 쥐어 보이고 있었다.

TV 속의 재건과 시선이 맞부딪친 순간, 민호의 가슴은 눌러뒀던 격정으로 끓어올랐다.

"저, 저거 누구지? 누가 하 작가님한테 여자 고민 털어놨나? 현경인가? 아님 연우?"

은영이 태연한 척 중얼거리고는 맥주를 세 모금이나 연달아 들이마셨다.

민호는 벌게진 얼굴을 손부채질로 달래는 그녀 옆에서 고개를 떨어뜨린 채 말했다.

"너야."

"나? 난 하 작가님한테 저런 고민상담 한 적 없는데?"

"널 두고 내가 털어놓은 고민이라고."

"……?!"

은영은 소스라치게 놀라 두 눈을 치켜떴다. 고개를 숙인 민호의 말이 이어지고 있었다.

"집안일이라는 거 거짓말이었다. 너에 대해 생각할 시간이 필요했어. 드디어 오늘 그 생각에 결론을 내고 올라온 참이다."

"무슨 소리야, 형……?"

"하 작가님 덕분에 용기가 섰다. 이제 뒷일 생각하고 싶지 않다. 너랑 나중에 불편한 관계가 된다고 해도 지금 말하고 싶다."

민호가 얼굴을 들고 은영을 똑바로 바라보았다.

묶인 듯이 옴짝달싹할 수 없게 된 은영의 심장은 부서질 것처럼 요동치고 있었다.

"그러니까, 그러니까…… 나는…… 너랑 만난 지도 오래돼서 이런 말하기 정말 어렵지만 그…… 아아……!"

민호가 말을 끝맺지 못하고 머리를 벅벅 긁었다.

은영이 떨리는 두 손을 천천히 뻗었다. 곧이어 그녀의 입술이 민호의 입술 위로 포개졌다. 밀려 나오는 달뜬 숨을 배겨내지 못한 서로의 입이 서서히 벌어졌다.

"그만 말해, 형."

은영이 속삭이고는 입맞춤을 이어갔다.

민호는 자신의 목 뒤로 두 팔을 두르는 그녀의 허리를 끌어안았다. 그리고 한 몸이 되어 모로 쓰러졌다.

"자, 잠깐만. 하지 마, 형. 내가 벗을게."

은영이 리모컨을 잡고 실내등을 껐다.

어둠 속에서 뒤엉킨 숨소리가 빠르게 거칠어지고 있었다.

"아, 진짜 재밌다. 형, 근데 저거 고민상담 누구예요? 전 아니고, 현경이 형이 하신 거예요?"

"나 아닌데."

"그럼 민호 형인가?"

"그냥 방송이라 연출하신 거 아냐? 아님 우리 사무실 말고 다른 작가님 얘기일 수도 있고."

"그런가? 아우, 계속 고개 쳐들고 봤더니 목 아프네."

연우가 뒷목을 주무르며 벽걸이 TV로부터 시선을 거둬들였다.

이제 막 '나 혼자 살아' 방송이 끝났다. 맞은편의 현경은 잔에 혼자 술을 따르고 있었다.

"아, 현경이 형. 왜 자작을 하시고 그러세요."

"퉁쳐. 근데 저거 뒷말 좀 나올 거 같지 않냐?"

"뒷말이요? 어떤 거요?"

현경이 TV를 눈짓으로 가리켰다.

"영화 얘기한 거. 없는 일도 만들어내는 게 네티즌들인데, 안 그래도 전작 스무 살의 여름 문제도 있고 하니 별 헛소문 죄다 확대시켜서 재생산하고 그럴 거 같은데."

연우는 곱창 하나를 입에 집어넣고는 고개를 갸웃거렸다.

"저는 잘 모르겠는데요. 그냥 지금 바다가 있었다 감독님 좋다고만 말했을 뿐이잖아요. 문제될 만한 발언은 아닌 것 같아요."

"하 작가님이 문제라는 게 아냐. 저걸 딴 사람들이 어떻게 받아들이느냐가 문제란 거지. 우재훈 감독도 그렇고."

둥근 쇠판 한가운데의 불판이 열기를 잃었다. 곱창은 거의 다 먹었고 소주도 둘이서 3병을 비웠다.

현경이 벗어 두었던 겉옷을 챙겨 들었다.

"슬슬 들어가자."

"잘 먹었어요, 형. 우리 맥주로 입가심할까요? 2차는 제가 쏠게요."

연우가 제안했지만 현경은 고개를 가로저었다.

"여기서 더 마시면 너도 나도 내일 글쓰기 힘들어. 나도 아쉽지 않은 건 아닌데 적당할 때 끊자."

"음, 네. 그럼 맥주는 담에 하시죠."

계산을 끝내고 식당을 나선 두 사람은 밤거리의 복판으로 스며들었다.

차가운 바람에 옷깃을 여미며 연우가 불쑥 말을 꺼냈다.

"민호 형님은 언제 올라오실지 감감 무소식이네요."

"그러게……."

현경이 한숨 같은 목소리로 말을 받았다.

민호와의 친분은 꽤나 오래됐고 깊었다. 냉골과도 같은 허름한 빌라 지하 사무실에서부터 동고동락한 사이다. 드러나지 않을 뿐 속은 그에 대한 근심으로 꽉 차 있었다.

'톡이나 보내볼까.'

이윽고 현경은 핸드폰을 꺼내 들었다.

민호의 복잡할 심경을 고려해 먼저 연락하지 않고 있었지만 참을 수가 없어졌다. 술기운 때문인지 여느 때보다 부쩍 민호가 보고 싶었다.

-형, 별일 없는 거 맞죠? 언제 올라오실 거예요?

늦은 시간이기에 현경은 빠른 답을 기대하지 않았다. 그런데 스무 걸음을 채 옮기기도 전에 핸드폰이 몸을 떨었다.

-나 좀 전에 올라왔다. 지금 사무실이야. ^^;

"……?!"

현경이 걸음을 멈추고 우뚝 섰다.

모르고 혼자 얼마간 더 걸어가던 연우가 저만치 앞에서 뒤늦게 돌아보았다.

"현경이 형, 뭐 하세요?"

"아니, 잠깐 톡 온 거 보느라고."

대답하는 현경의 얼굴이 웃고 있었다.

지금 사무실에는 민호와 은영 둘뿐이리라. 그는 양 엄지손가락을 빠르게 놀려 민호에게 답장을 보냈다.

-캬, 언제 올라왔대? 전 연우랑 맥주 마시러 들어왔어요. 들어가려면 2~3시간쯤 걸려요.

-어디야? 팜프릿츠? 나도 은영이 데리고 갈게.

-여기 부천 아니에요. 어쩌다 보니 구로까지 왔어요.

-지하철 끊기겠네. 이따 택시 타고 와.

-네, 이따 봐요.

답장을 끝낸 현경은 핸드폰을 주머니에 집어넣고 고개를

들었다.

그리고 저 앞의 연우에게 손짓을 보냈다.

"연우야, 유턴해라. 생각해 보니 역시 맥주로 입가심하는 게 좋을 거 같다."

"하하하, 그거 보세요. 역시 형도 아쉬웠죠?"

연우가 어린애처럼 좋아하며 뛰어왔다. 현경은 그의 어깨에 팔을 두르고 곧잘 가는 호프집을 향해 걸음을 내디뎠다.

문득 올려다본 밤하늘에서 두 개의 별만이 유독 빛나고 있었다.

BIG LIFE

나 혼자 살아 하재건

하재건 소설

바다가 있었다

박도준

스무 살의 여름 우재훈

하재건 박도준 관계

하재건 헤어스타일

하재건 구두……

새벽녘부터 동이 터오는 아침에 이르기까지.

주요 검색 포털 사이트의 실시간 인기 검색어는 한 가지 주제로 도배되다시피 했다.

'나 혼자 살아' 박도준 편 방송을 접한 네티즌들은 뉴스와 커뮤니티를 통해 온갖 의견을 쏟아내고 있었다.

—둘이 진짜 친한가 보네요ㅋㅋㅋㅋㅋ 집 비번도 알 정도면.

—누가 박도준 님 댁에 가서 계란말이 하는 법 좀 알려드려야 겠어요;;;

—하재건의 말 해석. '윤태성 감독님이 워낙 능력이 좋으셔서 걱정 없다 -〉 우재훈처럼 원작 말아먹는 무능한 감독은 꺼 지셈.'

—어어엌ㅋㅋㅋㅋㅋㅋ 위 댓글 보니 정말 그런 듯. 고도의 돌 려 까기??????

—솔직히 하재건이 뭐라고 해도 우재훈은 할 말 없지;;; 원작을 그렇게 개판으로 만들었는데. 우재훈 감독님께 다시 한 번 감 사드립니다. 영화 보다 어이가 없는 나머지 관람객 모두가 함 께 웃음을 터뜨리는 진귀한 체험을 하게 해주셔서.

—박도준도 우재훈과 뭔가 틀어진 게 맞는 듯.

—아는 사람이 영화업계에서 일하는데 원래 바다가 있었다도 우재훈이 감독이 하려고 했고 또 박도준 주연으로 기용하려고

했다더라구요. 지금 우재훈은 주연배우와 원작자를 둘 다 놓친 거임 ㅇㅇ

─카더라 찌라시는 자제 좀. 글고 우재훈 무능한 건 전 국민이 아는 사실이니 더 말도 꺼내지 맙시다.

'이런 씨발……!'

재훈의 벌게진 얼굴이 뒤 닦은 휴지처럼 구겨졌다.

핸드폰으로 '나 혼자 살아' 관련 뉴스를 찾아보고 있던 참이었다. 거의 모든 기사에서 자신을 향한 비난이 쏟아지고 있었다.

'영화에 대해선 쥐뿔도 모르는 새끼들이 아가리만 나불거리기는! 씨발 니들이 현장을 알아? 배급을 알아?!'

재훈은 핸드폰을 내던지고픈 충동을 억누르고 담배를 꺼내 물었다.

혼자 있었다면 벌써 큰소리로 욕부터 퍼부었을 터다. 하지만 지금은 자신의 신작 '히말라야 산맥'에 관한 인터뷰가 진행되는 중이었다. 맞은편의 기자는 휴식 시간을 틈타서 질문을 정리하고 있었다.

"전 쉴 만큼 쉬었으니 기자 양반 준비되는 대로 재개합시다."

재훈이 반쯤 피운 담배를 재떨이에 비벼 끄며 말했다.

울화가 치밀어서 빨리 인터뷰를 끝내고 싶었다. 기자는 고개를 끄덕이며 바로 노트북을 펼쳤다. 질문과 답변이 줄기차게 이어졌다.

어느덧 인터뷰도 막바지에 다다르고 있었다.

"히말라야 산맥의 제작비는 무려 110억 원입니다. 손익분기점을 넘길 수 있느냐 없느냐가 첫 번째 관건인데요. 우 감독님께서는 어느 정도 흥행할 수 있으리라 보십니까?"

"저는 언제나 영화를 만들 때 최선을 다합니다. 최선을 다하고 난 뒤 결과는 하늘에 맡겨야죠."

"으음, 네……."

너무 정석적인 대답이어서 일까?

노트북을 두드리는 기자의 얼굴에 실망감이 어렸다.

휴식한 후부터 재훈의 답변이 하나같이 무미건조하고 재미가 없어진 것이다. 성가시다는 표정으로 연신 시계를 들여다보는 모습도 기자를 짜증나게 만들었다.

"……마지막 질문입니다. 최근 제작되고 있는 윤태성 감독의 영화 바다가 있었다 말인데요."

"……?!"

딴 곳을 보며 뒷머리를 벅벅 긁고 있던 재훈이 두 눈을 부릅떴다.

기자는 노트북 화면에 시선을 둔 채 타자를 두드리며 질문을 이었다.

"우재훈 감독님의 전작에서 주연을 맡았던 박도준 씨가 이번엔 바다가 있었다의 주연이 됐잖아요? 게다가 공교롭게도 전작의 원작자였던 하재건 작가도 참전했고요. 이번에는 단순히 원작 제공으로 그치는 게 아니라 직접 시나리오도 집필하셨다는데요. 히말라야 산맥과 개봉 시기가 겹칠 확률도 크고요."

"질문의 요지가 뭐요?!"

재훈이 노골적으로 성난 심기를 드러내며 물었다.

기자는 자기도 모르게 허리를 곧추세우고 침을 꿀꺽 삼켰다.

"아, 네. 그러니까 바다가 있었다에 관한 감독님의 이런저런 견해가 궁금합니다. 작품의 완성도는 어떨지, 흥행 여부는 어떻게 보시는지 그런 것들이요."

재훈이 이를 빠드득 갈며 양 눈가에 경련을 일으켰다. 사라지지 않는 격분으로 그는 대외용 답변을 포기하고 말았다.

"손익분기점만 넘겨도 다행이라고 봅니다."

"그 정도로 부정적이십니까?"

"원작이 좀 팔리는 모양이고, 주연배우 박도준의 티켓 파워도 있지만 그거 다 감안해도 어려워요. 일단 감독이 신인이라 경험도 부족하고, 제가 알기로 하재건 작가는 시나리오를 제대로 써본 일이 없어요. 대학 시절 과제로 써낸 시나리오와 실제 영화에서 쓰이는 시나리오는 수준이 천지 차이죠."

또 한 개비의 담배를 꺼내 문 재훈은 기자가 묻지 않은 말까지 침을 튀기며 연달아 쏟아냈다.

"소통이 되지 않으면 현장은 엉망이 됩니다. 한 번 지나가면 끝이에요, 현장은. 듣기로 윤태성 감독과 하재건 작가가 모든 장면을 협의해서 찍는다고 하는데 전 좋은 결과가 나올 거라고 생각 안 합니다. 그리고 같은 시기에 개봉한다? 거기에 대해서는 생각조차 해본 적 없어요. 관심이 안 가서."

신이 난 기자의 입이 귀 밑까지 걸렸다. 공격적인 답변은 기사로 내보내기에 더없이 모양새가 좋았다.

키보드 위의 열 손가락이 재훈의 분노를 고스란히 담아내고 있었다.

52장
바다가 있었다

—재건이 형, 우재훈 인터뷰 보셨어요? 아 놔, 진짜! 저 보자마자 벙쪄 가지고 뒷목 잡고 10초 넘도록 스턴 걸렸다고요!

　"신경 쓰지 마, 원래 그런 사람인가 보다 하고 넘겨. 난 아무렇지도 않은데 왜 또 난리냐."

　—어떻게 말을 저렇게 대놓고 거지같이 해요?! 아, 빡쳐! 아, 형. 죄송해요. 제가 진짜 너무 화가 나서 그래요. 바다가 있었다로 완전 발라 버려요!

　재건은 핸드폰을 귀와 어깨 사이에 꽂고 한껏 기지개를 켰다.

　창을 열자 아침 햇살이 쏟아져 들어왔다. 동해의 푸른

바다가 시야 가득히 넘실거리고 있었다.

ㅡ그리고 형, 악플 종종 있던데 그런 거 신경 쓰지 마세요. 바둑 기사 이세돌이 그랬잖아요. 나를 좋아하는 팬들에게도 신경을 못 쓰는데 안티들에게는 당연히 신경 끈다고요.

"알았어. 고맙다. 사무실은 별일 없지?"

ㅡ다 좋아요. 빨리 올라오세요, 형. 형이 없으니까 사무실이 너무 허전해요.

"글이나 열심히 쓰고 있어. 이만 끊자. 형 나가야겠다."

ㅡ네, 형. 고생하시고요.

재건은 씻고 옷을 갈아입은 다음 아래로 내려가 아침밥을 먹었다. 소미의 어머니는 오늘도 그의 식단을 살뜰하게 챙겨주고 있었다.

"곤드레 밥이 선생님 입에 맞으실지 걱정이네요."

"아주 맛있어요. 어머님 손맛이 정말 좋으십니다."

"오호호호, 제가 음식 잘한단 소린 좀 들어요. 우리 소미가 그건 저 닮아서 음식은 곧잘 해요."

"하하, 네. 항상 신경 써주셔서 정말 고맙습니다."

"아이구, 민망해요 선생님. 선생님께서 우리 소미 챙겨주시는 거에 비하면 이거 암 것도 아녀요. 호호호."

동해에서의 생활은 즐거웠다.

소미의 민박집은 내 집처럼 편안했고 바다를 비롯해 보이는 모든 풍경이 좋았다.

시나리오에 관한 감독 태성과의 논의도 막힘없이 순조로 웠다. 개인적인 글쓰기에도 최적의 환경이었다.

'영화를 찍는다는 게 정말 엄청난 일이구나.'

이곳에 와 현장을 접하면서 재건은 확실히 깨달았다.

한 편의 영화가 제작되기까지 얼마나 많은 사람의 피와 땀을 필요로 하는지.

식사를 마친 재건은 산책할 겸 현장으로 향했다.

카메라 앞에서 주연배우 도준과 지원이 열연을 펼치고 있었다.

수도 없이 반복되는 같은 장면.

좀처럼 떨어지지 않는 OK 사인. 배우가 입을 겉옷을 들고 근심스러운 표정으로 대기하는 매니저. 앵글 안의 모두가 재건의 시야에 들어왔다.

"저기요, 도준 씨. 조금만 더 화내봅시다. 분노가 모자라요. 도준 씨 안에 든 짐승 같은 그 느낌이요."

카메라 뒤에 서 있던 태성이 도준을 잡고 일대일로 말을 늘어놓았다. 그는 누구보다도 열심이었다.

현장은 한 번 지나가면 끝장이다.

보충 촬영을 염두에 두고 안일하게 찍어대다간 영화는 엉망이 된다. 이 자리에서 극에 달한 도준의 폭발하는 감정을 포착해 내야만 한다.

그 한 장면을 위해 오늘도 감독을 비롯한 수많은 스태프는 분투하고 있었다.

"저기, 하재건 작가님 맞으시죠?"

멀찍이서 현장을 구경하던 재건에게 몇몇 여학생이 다가와 말을 걸었다.

재건의 대답이 나오기도 전에 그들은 꺅꺅 소리를 높이며 좋아했다.

"나 혼자 살아 완전 재밌었어요!"

"작가님도 여기 계셨던 거예요?! 어디서 주무세요?"

"도준 오빠랑 같이 지내세요? 사진 한 번만 찍어주세요!"

소란이 일자 지나가던 사람들과 스태프들도 이쪽으로 시선을 향했다.

재건은 난처한 듯 웃으며 응대를 마친 다음 숙소로 몸을 돌렸다. 자신이 영화 촬영에 방해 요소가 될 수 있다는 사실을 깨달아서였다.

BIG LIFE

같은 시각 앵글 바깥.

"뭐?! 할머니가 위독하셔?!"

핸드폰을 들고 통화하던 인물 조감독이 고개를 젖히고 뒷목을 붙잡았다.

여주인공 바다가 사는 마을 주민 역할을 맡은 보조 출연자가 제 시간에 오지 못하게 되었다는 보고를 받은 참이었다.

"왜 이렇게 당일에 가족이 아픈 인간이 많아! 뭐? 수철이는 또 왜 못 오는데? 뭐가 어째? 누나가 쌍둥이를 낳아?! 이런 미친……! 알았으니까 끊어봐!"

전화를 끊은 인물 조감독은 두 손으로 머리를 쥐어뜯었다.

보조 출연 부분에서 펑크가 나면 지나가는 행인을 붙잡아서라도 섭외해야 하는 것이 그의 역할이다.

"어? 나연 씨! 이리 와봐요!"

조감독이 여주인공의 친구 역할을 맡은 나연을 발견하고 다급히 손짓했다.

자신의 출연 분량을 마친 그녀는 왜 그러나 싶은 표정으로 다가와 섰다.

"무슨 일이세요, 조감독님?"

"식당 격투 신에 들어갈 머릿수가 모자라. 한 대여섯 명은 구해야 할 거 같거든. 그 따라온 동생 있죠? 좀 데려와요."

"제 동생이요?"

"네, 있잖아요. 머릿수만 채우면 돼요. 빨리요!"

"아! 네, 알겠어요."

"그래, 부탁해. 더 있으면 좋고."

말을 마친 조감독은 다시 핸드폰을 꺼내 들고 저편으로 멀어져 갔다.

나연도 몸을 빙글 돌려 머물고 있는 숙소로 잰걸음을 향했다.

"예슬아! 어딨어?"

방 안에는 아무도 없었다.

깔끔하게 정돈된 이부자리를 보고 나연은 두 눈을 동그랗게 떴다.

혹시 그사이에 올라가 버린 걸까.

바로 그 순간 욕실 쪽에서 달그락거리는 소리가 울렸다.

"야, 홍예슬! 화장실에 있었어?"

"응응, 언니야! 나 이제 샤워하려고. 왜?"

"난 또 올라간 줄 알았네. 빨리 나와봐. 보조 출연자 펑크 난 거 땜빵 좀 해줘."

"뭐라구?"

예슬이 욕실 문을 활짝 열었다.

알몸을 가릴 생각도 없이 얼굴에는 곤혹스런 기색이 가득했다.

"별거 아냐. 깡패들이 식당에서 행패부리는 장면인데 여기 나올 마을 주민 역할이야. 딱히 할 것도 없으니까 얼른."

"어, 언니야. 난 좀 빼주면 안 될까. 얼굴 상태도 안 좋고."

예슬이 슬그머니 몸을 뒤로 뺐다.

보조 출연에 대한 두려움 때문이 아니었다.

'바다가 있었다'는 재건의 영화다.

그의 필름에 모습을 새길 준비가 전혀 되어 있지 않았다.

"얼굴 전혀 상관없으니까 그냥 나와. 인물 조감독님한테 너 데려오라고 부탁받았단 말야. 언니 좀 도와줘, 응?"

"……."

예슬은 어느 쪽으로도 대답을 못하고 입술을 깨물었다.

문득 나연이 시선을 아래로 향하고는 감탄하듯 중얼거렸다.

"와, 요 기지배 허리 좀 봐. 열 받네?"

"사람 민망하게 뭐하는 거?"

"운동을 얼마나 열심히 한 거야? 이거 복근?"

"아, 아하하! 만지지 마, 언니야!"

예슬이 간지럼을 견디지 못하고 몸을 무너뜨렸다.

나연은 흐트러진 그녀의 머릿수건을 고쳐 주고는 몸을 뒤로 돌렸다.

"기다릴 테니까 빨리 씻고 나와."

욕실 문이 닫히고 예슬이 몸을 일으켰다.

거울에 비치는 자기 얼굴이 흡사 세상의 모든 고민을 대신 하고 있는 것처럼 보였다.

BIG LIFE

"어, 누나."

―너 또 돈 보냈더라? 쓸 데도 없는 무슨 돈을 이렇게 많이 보내? 그만 보내라고 몇 번을 말했니? 누나 진짜 화낼까?!

재건이 한쪽 눈을 찡그리며 핸드폰을 귀에서 살짝 떨어뜨렸다.

잔소리가 잠잠해지는 틈을 기다려 그는 대답했다.

"학원 차리라고. 그 정도면 괜찮게 준비할 수 있겠지? 아버지랑 엄마는 어떠셔?"

재건은 잔소리가 이어질까 겁이 나서 재빨리 화제를 바꿔 물었다.

재인이 대답에 앞서 한숨부터 내쉬었다.

―아빠 일 알아보러 다니셔.

"뭐? 일은 왜?"

―집에만 있으려니까 좀이 쑤셔 죽겠다고 난리시다. 위험하거나 고된 일은 절대로 안 된다고 못 박아놓긴 했어.

"고되지 않은 일이 세상에 어딨어? 누나가 잘 좀 말려봐."

―아빠가 내 말 들으실 분이냐?

"그건 그렇지만……."

―넌 어때? 동해 지내기 좋아? 이제 겨울이라 많이 추울 거 같은데.

"바람이 세서 그렇지 기온 자체는 수도권보다 높아. 매일 눈을 뜨자마자 바다를 볼 수 있다는 게 꿈 같네."

―이게 누날 살살 놀려? 나도 또 바다 놀러 가고 싶다.

"다음에 또 가족끼리 오자. 여기 별장 하나 짓고."

재건은 한동안 더 대화를 나눈 후 전화를 끊었다.

창밖을 보니 세상이 한껏 흐려져 있었다.

당장 비가 쏟아져도 이상하지 않을 날씨였다.

회색빛 바다의 전경이 쓸쓸했다.

'이렇게 오래 머물 생각은 없었는데.'

길어야 일주일이면 올라갈 수 있을 줄 알았다.

벌써 보름이 넘도록 사용한 방 안의 달력도 재건이 직접 찢었다.

'다들 잘 지내고 있겠지.'

오래 보지 못한 부천 사무실 작가들부터가 생각났다.

민호와 은영의 관계는 어떻게 되었을까.

그들의 뒤를 이어 수희와 정진, 태원과 소미, 명석에 이르기까지 소중한 사람들의 얼굴이 차례차례 떠올랐다.

"야옹."

방구석에 모로 기대어 자고 있던 리카가 다가왔다.

재건은 리카를 안아 다리 위에 올려놓고 노트북 쪽으로 돌아앉았다.

화면에서는 아직 완성되지 않은 '오스카의 던전' 7권 초고가 떠 있었다.

'슬슬 속도를 올려야 되는데.'

'바다가 있었다'는 일단락되었으니 이제부터는 넥션과 계약을 맺은 '오스카의 던전'에 총력을 기울일 차례였다.

워드 프로그램의 깜박이는 커서를 보자 또 한숨이 나오는 재건이었다.

참으로 오래도록 붙잡고 있는 7권이다.

아무리 고쳐 써도 내용이 만족스럽지 못했다.

심지어 더욱 큰 문제는 달리 있었다.

'뭐라고 말씀 좀 해주세요, 선배님. 이 장면 어떠세요? 던전 입구가 부서져서 오스카가 갇히는 장면이요. 재미있다고 생각하세요?'

아무리 물어도 서건우의 대답이 돌아오지 않는다.

지금껏 수많은 글을 쓰면서 수두룩한 질문을 했다.

대답은 곧잘 돌아왔고 재건은 그때마다 논쟁을 펼쳤다.

매번 서건우와 충돌하면서 작품이 나아가야 할 방향을 모색하곤 했다.

그런데 점차 대답이 돌아오는 빈도가 줄어든다.

'오스카의 던전'도 마찬가지였다.

7권을 쓰기 시작하면서 아무리 질문해도 서건우의 영혼은 반응이 없었다.

재건이 느끼는 건 끝없는 암흑이었다.

드르륵!

탁자 위의 핸드폰이 몸을 떨었다. 소미로부터 메시지가 날아든 참이었다.

-별일 없으시죠? 대표님이 소개해 주신 콘티 참고해서 1화 분량 한번 그려봤어요. 메일로 보내드렸으니 한가하실 때 보시고 의견 부탁드려요!

'빠르시네.'

재건은 메일에 접속해 소미가 보내온 '오스카의 던전' 웹툰 1화 분량을 천천히 읽어 내려갔다.

입가에 웃음이 번졌다.

'와, 좋은데?'

화풍이야 예전부터 좋아했으니 나무랄 데가 없었다.

컷 구성과 배치도 막힘없이 자연스럽게 흐르고 있었다.

다 읽고 난 재건은 기쁜 마음으로 답장을 보냈다.

-최곤데요? 엄청 공들이신 것 같아요. 굉장히 좋았습니다.

-말씀만이라도 감사해요. 이대로 진행해도 될까요?

-제 의견이 아니라 소미 씨가 믿는 대로 진행하세요. 저 없는 말한 거 아니에요. 눈앞에 있었으면 크게 한번 짖을 겁니다.

-아까워라. 동해까지 순간이동 하고 싶어요!

핸드폰을 내리고 잠시 후.

잠시나마 일었던 미소가 재건의 얼굴에서 완전히 사라졌다.

소미가 뽑아낸 양질의 웹툰을 접하고 나니 글줄이 풀리지 않는 것에 대해 더욱 조바심이 일었다.

"이대로는 안 되겠다, 리카. 죽이 되든 밥이 되든 일단 초고를 완성해서 대표님께 보내봐야겠어. 이러다 연말까지 오스카의 던전 7권만 쓰게 생겼다."

"야옹."

재건은 잠시 두 눈을 감고 머리를 깨끗하게 비웠다.

서건우에게 의지하는 마음을 버리고 대답이 돌아오지 않는 질문을 멈췄다.

키보드 위로 올라간 열 손가락은 예정된 전개에 따라 타자를 두들기기 시작했다.

"컷!"

감독 태성이 손을 번쩍 들어 보였다.

서로를 끌어안고 오열하던 도준과 지원이 긴 한숨을 내쉬며 떨어져 섰다.

"자자, 다들 고생 많았어요! 이제 서울 올라갑시다!"

곳곳에서 스태프들이 박수를 쳤다.

동해 현장 촬영이 오늘부로 완전히 끝났다.

고된 업무에서 해방된 모두의 얼굴에서 시원섭섭한 감정이 녹아나고 있었다.

"고생 많으셨어요, 감독님."

"도준 씨랑 지원 씨도요. 그림 좋았습니다. 제작 실장님 어디 계시나? 뒤풀이 장소 어디라고 했나요?"

태성을 중심으로 커다란 무리가 생성되어 바글거렸다.

나연과 예슬은 멀찍이 떨어진 해변에 서서 종이컵으로 커피를 마시고 있었다.

여러 장면에 보조로 출연한 예슬은 평소의 옷차림이 아니었다. 꽃무늬 고쟁이에 진흙으로 범벅인 고무장화를 신고 있었다.

"잘 어울린다, 홍예슬."

"우씨, 왜 놀리고 그래? 자기는 바다 친구로 예쁘게 나왔다 이거지?"

"그럼 뭐해. 영화는 아직 개봉도 안 했는데 벌써부터 악성 댓글이 인터넷 천지에 깔렸는걸."

나연이 자조하듯 웃으며 말했다.

덩달아 울적해진 예슬은 이내 모래바닥을 발로 콱콱 짓밟으며 소리치듯 말했다.

"지들이 뭐라고 그래! 자기들 일이나 잘하지 왜 그렇게 오지랖들이래?! 그딴 악성 루머 신경 쓸 거 하나도 없어."

"완전히 루머는 아니지 뭐……."

"언니!"

"알았어, 미안해."

나연이 종이컵을 내려놓고 예슬을 끌어안았다. 기운을 북돋워 주려고 자기 일처럼 분개한 예슬이 고마웠다.

"힘내, 언니야. 뒤는 돌아보지 말고 앞만 보구 가. 응? 보조 출연 주제에 조연한테 막 이래? 헤헷."

"힘낼게, 힘낼 거야. 내가 어떻게 여기까지 왔는데."

"그럼, 그럼."

예슬이 나연의 허리를 감싸 안고 토닥여 주었다.

생활고 때문에 밤의 거리로 스며들었지만 연기를 향한 열정만은 누구에게도 뒤지지 않는다는 걸 잘 알고 있었다.

"넌 빨리 그 바닥에서 나오길 정말 잘한 거야. 험한 꼴은 한 번도 안 봤잖아. 만약 그랬다면…… 나처럼 됐을지도 몰라."

"언니처럼 됐다는 게 뭐야? 왜 자꾸 말 이상하게 해? 언니가 뭐 어때서?!"

바로 그때.

먼발치에서 또 한 차례 웅성임이 일었다.

나연과 예슬은 서로를 끌어안은 몸을 떼고 그쪽으로 시선을 던졌다.

"하재건 작가님인가 보다."

"……?!"

예슬의 얼굴에서 핏기가 쫙 가셨다.

나연의 말은 거짓말이 아니었다. 스무 걸음쯤 앞에 도준과 나란히 서서 대화를 나누고 있는 사람은 분명히 재건이었다.

"작가 오빠…… 아니, 작가님이 여기 와 계셨어?"

예슬이 황급히 호칭을 고쳐 물었다.

나연은 도준과 재건 쪽을 주시한 채로 고개를 끄덕였다.

"나도 몰랐는데 그랬다더라. 감독님하고 그날그날 촬영 분량 협의하고 그러느라 민박하고 있었대."

예슬은 입술을 바들바들 떨며 고개를 숙였다.

색 바랜 고쟁이 아래로 지저분한 고무장화가 보였다.

발끝이 천천히 뒤로 돌아가고 있었다.

"왜 그래?"

"으응…… 감기 기운이 있나? 들어가서 쉬고 싶어."

이런 모습으로 재건과 조우하고 싶지 않았다.

눈앞에 당당히 설 준비가 되면 찾아가겠다고 스스로의 입으로 말했다. 아직은 엄마와의 사진이 담긴 목걸이를 돌려받을 준비가 되지 않았다.

"나연 씨, 예슬 씨. 여기 있었네?"

조감독이 나연을 알아보고 다가와 말했다.

"횟집에서 소소하게 뒤풀이할 거예요. 자리 넉넉하니까 동생이랑 빨리 같이 와요."

"네, 금방 갈게요. 고맙습니다."

인사를 마치고 보니 예슬은 벌써 저만치 숙소로 걸어가고 있었다.

나연이 뛰어가 붙잡아 세웠다.

"왜 그래? 계속 괜찮다가 갑자기 아프대?"

"몰라, 몸이 뜨겁네. 난 아무래도 안 되겠어. 언니나 가서 즐겁게 놀고 들어와."

"정 그러면 밥만 간단하게라도 먹고 들어가. 어차피 약 먹기 전에 밥은 먹어야 하잖아."

예슬이 쓰게 웃으며 고개를 가로저었다.

"김밥 사다가 먹고 잘게. 나 걱정하지 말고 얼른 가, 언니야.”

“으응…… 금방 들어갈게, 그럼.”

“아니야, 어차피 자고 있을 테니 천천히 와. 갈게.”

예슬이 자기 양팔을 끌어안고서 숙소로 멀어져 갔다.

나연은 한참이나 그녀를 바라본 끝에 뒤풀이가 열리는 횟집으로 몸을 돌려세웠다.

BIG LIFE

“이모, 여기 회 한 접시 추가요!”

“여기 소주도 모자라요! 병으로 말고 그냥 여기 궤짝을 하나 갖다 줘요!”

뒤풀이는 근방에서 가장 큰 횟집 하나를 통째로 빌려 진행되었다.

수십 명의 스태프와 배우들이 뒤섞여 앉은 식당 내부는 왁자지껄했다.

“조감독님, 술 한잔 받으세요.”

“아닙니다, 하 작가님. 제가 먼저 한잔 드릴게요.”

“제가 먼저 들었으니 조감독님께서 먼저 받으셔야죠.”

조감독이 마지못한 기색으로 먼저 술을 받고는 재건에게 한 잔을 따라주었다.

식당에서 가장 구석진 자리였다.

이곳에는 재건과 태성, 그리고 조감독과 도준까지 네 사람만이 앉아 있었다.

"하재건, 뭐냐? 나는 왜 안 줘?"

옆에 앉은 도준이 재건의 어깨를 툭 치며 물었다.

벽에 등을 기댄 채 쭉 뻗은 그의 긴 두 다리가 수조의 낙지처럼 흐느적거리고 있었다.

"많이 마셨어. 얼굴 벌겋다."

"괜찮다니까. 빨리 한 잔만 더 줘, 빨리."

"하여간……."

재건이 어쩔 수 없이 한 잔을 더 따라주었다.

도준은 술잔을 천천히 들면서 딸꾹질과 함께 말을 꺼냈다.

"야, 재건아, 내가 취해서 이런 말을 하는 건 아니고, 끅."

말과는 달리 도준의 두 눈은 한껏 풀려 있었다.

촬영이 끝나고 긴장이 해소되면서 평소보다 빨리 취한 상태였다. 그는 자신의 가슴을 손으로 두드리며 말을 이었다.

"네 소설 주인공을 또 맡게 돼서 얼마나 기쁜지 모른다."

"나야말로 네가 내 소설 주인공을 해줘서 너무 기쁜데."

"아, 진짜 너라는 작가를 알게 된 게 너무 좋아. 이건 그냥 하는 말이 아니야, 솔직히 처음엔 너 성격 좀 있어 보여서 피곤하겠다 싶었는데, 끅. 알고 보니 진국이야. 이게 다 채린이 덕분…… 읍!"

도준이 말을 잇지 못하고 숨을 훅 들이켰다.

그의 입을 틀어막은 재건이 귀에 대고 나직이 속삭였다.

"정신 나갔어? 여기 듣는 사람이 몇인데……!"

도준이 알아들었다는 눈빛으로 고개를 끄덕였다.

하마터면 어처구니없게 채린과의 관계를 터뜨릴 뻔했다.

재건이 손을 풀자 그는 차가운 물 한 컵을 단번에 들이켜고 머리를 좌우로 세차게 흔들었다.

"아우, 안 되겠다. 저 아무래도 찬바람 좀 쐬고 와야겠습니다."

"같이 가줄게."

도준이 걱정된 재건이 함께 자리에서 일어섰다.

두 사람은 횟집에 비치된 슬리퍼를 신고 뒤편 주차장으로 나섰다.

때맞춰 주머니 속에서 재건의 핸드폰이 울렸다.

"나 잠깐만 전화 좀 받을게. 여보세요?"

─네, 하 작가님. 저녁 드셨어요?

태원의 목소리가 유난히 밝았다.

재건은 벤치에 쪼그려 앉는 도준을 두 눈에 담고서 대답했다.

"네, 지금 뒤풀이하고 있어요. 동해 현장 마지막 날이거든요. 대표님은요?"

―저도 먹었어요. 아, 오스카의 던전 7권 초고 봤어요.

"아아, 네…… 어떠셨어요?"

그렇게 묻는 재건의 가슴에 벌써부터 근심이 일었다.

그러나 돌아오는 태원의 대답은 뜻밖이었다.

―이번 편도 너무 좋은데요? 아주 재밌었어요. 하 작가님이 메일에 적어놓으신 걱정되신다는 부분들 전혀 이상하지 않았고요.

"정말요?"

―제가 없는 말을 할 사람은 아니잖아요. 7권이 너무 안 풀리고 재미도 없다고 하시길래 사실 저도 걱정이 좀 많았어요. 근데 초고 보니까 좋기만 하네요. 소미 씨도 재밌다고 그러고.

"그랬다면 정말 다행입니다……."

재건이 안도의 한숨을 가늘게 내뿜었다.

서건우의 대답이 들려오지 않아서 얼마나 걱정이 많은 7권이었던가.

양어깨를 짓누르고 있던 무거운 짐에서 해방되는 기분이었다.

"네, 대표님. 그럼 조만간 올라가서 뵙겠습니다."

재건은 얼마간 더 대화를 나누고 전화를 끊었다.

옆에 쪼그려 앉은 도준은 핸드폰으로 자신의 트위터를 살펴보는 중이었다.

"그만 들어갈까? 감기 걸리겠다."

"야, 재건아, 우리 기념사진 한 장 찍자. 트위터에 올리게."

"너 괜찮겠어? 얼굴에서 피나는 거 같은데."

"난 원래 내추럴한 게 인생 모토야. 빨리 이리 와봐."

도준이 기어이 재건과 어깨동무를 하고 사진을 찍었다.

활짝 웃는 두 사람의 얼굴은 우스꽝스러울지언정 한없이 밝았다.

53장
또 한 번 산을 넘어서

"여보세요? 네, 자장면 다섯이랑 짬뽕 셋. 단무지 왕창 주시는 거 알죠? 주소요? 아, 핸드폰이라 안 뜨는구나. 여기 박석지 편집실이요. 네."

박석지 개인 편집실은 오늘도 바쁘게 돌아가고 있었다.

감독 태성과 편집 기사 석지, 그리고 편집실 직원들이 뒤섞여 보름이 넘도록 작업하고 있었다. 개봉 일정이 빠듯했기에 거의 매일 밤을 새우고 있는 판국이었다.

"감독님, 커피요."

"아, 고마워요."

태성은 뜨거운 커피를 한 모금 마시고 관자놀이를 꾹꾹 눌렀다.

초췌한 얼굴이 수염으로 범벅이었다.

안 그래도 피골이 상접했다는 소리를 곧잘 듣는 태성이다. 한껏 메마른 그의 모습은 보는 사람으로 하여금 절로 측은함을 느끼게 했다.

"거기 다시 돌려봐요."

수백 번도 더 본 장면을 살피고 또 살핀다.

편집이란 언제나 피를 말리는 작업이다. 일정에 여유가 없을 때는 더더욱 그렇다.

온갖 식재료를 이용해 하나의 맛있는 음식으로 완성시켜가는 과정은 결코 녹록하지 않다.

피로가 극에 달한 태성의 두 눈은 사물이 두 개로 겹쳐 보이는 지경까지 다다랐다. 안약을 붓다시피하고 낯가죽이 벗겨지도록 수십 번씩 찬물로 세수를 해댔지만 임시방편일 뿐이었다.

'뭐가 이렇게 거슬리지.'

태성이 마른 입술을 핥으며 고개를 갸우뚱거렸다.

주인공 조강재를 쫓아온 적대 세력 조직폭력배들이 식당에서 난동을 부리는 장면이다. 딱 잡아낼 수 없는 어떤 요소가 그의 마음을 불편하게 만들고 있었다.

'대체 뭐야.'

태성은 답답했다. 거부감을 일으키는 요소가 무엇인지 또

렷하게 보이지 않는다. 가물거리는 시야 속에서 영상도 흐릿
해져 가고 있었다.

"감독님, 식사 왔어요."

"네, 먼저들 드시고 계세요."

"감독님 건 짬뽕이잖아요. 그러다 또 어제처럼 다 불어요."

태성은 마지못해 일어서면서도 화면을 주시하고 있었다.

"……!!"

그러던 와중에 갑자기 그가 두 눈을 한껏 치켜떴다.

"잠깐만! 여기 좀 멈춰봐!"

태성의 말에 영상이 정지되었다.

그는 화면 외곽에 선 한 여성 보조 출연자를 손가락으로
가리키며 말했다.

"이 여자 너무 튀어."

"네?"

"마스크가 지나치게 또렷해. 입고 있는 고쟁이도 안 어울
려. 부자연스럽다고. 이 영화에 나오는 동네 주민 같지가 않
아. 이 여자 얼굴 나오는 부분 찾아내서 죄다 잘라냅시다."

"알겠습니다."

"자, 그럼 밥을 먹어볼까요?"

문제를 해결한 태성이 상쾌한 기분으로 일어섰다.

신문지를 깐 식탁 주위로 모두가 둥글게 둘러앉았다. 태성

은 젓가락을 뜯어내며 대상을 정하지 않고 지나가듯 물었다.

"근데 저 여자 누굽니까."

"저 여자라니요? 아, 방금 편집하라는 보조 출연자요?"

사람들이 서로의 얼굴을 쳐다보며 표정으로 물었다.

다들 양 뺨을 부풀리고 고개를 가로젓기만 했다.

태성이 핸드폰을 꺼내 인물 조감독에게 전화를 걸었다. 신호음 끝으로 상대는 금세 받았다.

―예입, 감독님.

"뭐 좀 여쭤볼게요. 식당 신에 나오는 보조 출연자 말인데요. 누군지 아세요? 고쟁이에 고무장화 신고 있는 여자요."

―고쟁이에 고무장화요? 으음, 아……! 네, 그거 은희 배역 맡은 김나연 씨 아는 동생이요.

"그래요?"

―어달해변 신에서도 나왔어요. 어제 저도 편집실에서 봤는데 뒷모습만 보이더라고요.

"뭐 하는 아가씹니까? 연기해요?"

―그건 저도 잘 모르겠습니다. 그날 수철이랑 보조 출연 애들 몇몇이 빵꾸 내는 바람에 급하게 채워 넣은 거거든요. 왜요?

"화면 빨이 제법 받네요. 마스크도 매력적이고. 연락처나 한번 알아봐 주세요."

−알겠습니다. 아, 맞다. 감독님. 그날 수철이가 어디 갔는지 아십니까? 히말라야 산맥 서울 촬영 갔더라고요. 누나가 현장에서 쌍둥이를 낳았나 봅니다. 이런 망할.

"그래요? 사람들이 참……. 아무튼 알았어요. 저녁에 다시 얘기합시다."

−네, 고생하십쇼.

식사를 마친 태성은 담배를 피울 생각도 없이 편집실로 돌아가 영상을 재생시켰다. 보면 볼수록 매력적인 얼굴이 그의 시야에 내내 머물러 있었다.

BIG LIFE

"팍팍 좀 먹어, 형. 술만 마시지 말고."

"열심히 먹고 있어."

"먹긴 뭘 열심히 먹어? 하여간 형 같은 손님들 때문에 고기뷔페가 망할 수가 없다니까."

민호는 싱긋 웃으며 또 한 잔의 소주를 목젖으로 넘겼다.

차가운 술맛이 오늘따라 유난히 좋았다.

맞은편의 은영은 혀를 끌끌 차며 다 익은 고기를 불판 외곽으로 밀어내고 있었다.

"이거 먹고 2차 가자."

"웬 2차?"

"소주로 시작했으면 맥주로 마무리를 해야지. 사거리에 분위기 좋은 곳 새로 생겼더라."

은영이 대답 대신 고개를 살짝 떨어뜨렸다.

민호는 그녀의 손에서 집게를 빼앗아 새 고기를 불판에 올리며 물었다.

"왜 그래 또?"

"형."

"말해."

"몇 번을 생각해도 아닌 거 같아."

"……."

민호가 미간을 좁히며 소주 한 잔을 따랐다. 무슨 말인지 알아듣지 못할 까닭이 없었다.

"말했잖아. 요즘 세상에 한 번 이혼한 게 뭐가 대수라고."

"형 생각은 그럴지 몰라도 주변에선 그렇게 생각 안 해. 그리고 형 어머님도. 내가 어머님 모르는 것도 아니잖아."

"허락해 주실 거야. 우리 어머니 꽉 막히신 분 아니거든."

민호는 자신의 의견을 굽히지 않았다.

그날 밤 바로 결심했다.

무슨 일이 있어도 은영과 결혼하겠다고.

"형, 우리 그날 일은 잊을까?"

"넌 그게 말이 된다고 보냐?"

"사람이 살다 보면 외로워서 그럴 수도 있는 거잖아. 우리가 어린 나이도 아니고."

탁!

그 말에 민호가 표정을 구기며 소리가 나도록 술잔을 내려놓았다. 몸을 움찔 떠는 은영에게 그는 말을 이었다.

"너 나 좋아하지?"

"형……."

"좋아해? 안 좋아해?"

"좋아해."

"나도 너 좋아해. 그날도 엄청 좋았고. 난 시도 때도 없이 너하고 또 그랬으면 좋겠고."

은영이 얼굴을 붉혔다. 민호는 양어깨가 들썩이도록 심호흡을 하고는 목소리를 높여 말을 이었다.

"근데 잊어버리라고? 그럼 또 너를 안고 싶을 땐 어떡해야 되지? 네가 말한 것처럼 부탁할까? 아, 은영아. 내가 지금 살다 보니 외롭네? 우리는 어린 나이도 아닌데 또 좀 그거 안 될까? 이렇게 손바닥 비비면서 매번 부탁이라도 해야 할까?"

"목소리 낮춰. 왜 이래?"

민호가 자기 옷 속으로 손을 쑥 집어넣었다. 다시 나온 그의 손에는 작은 선물 상자가 쥐어져 있었다.

"결정해."

"이게 뭐야?"

"뻔히 감 잡았으면서 뭘 물어봐? 열어보면 알 거 아냐."

민호는 퉁명스럽게 상자를 던지듯이 내려놓았다.

은영이 상자를 잡고 뚜껑을 열어젖혔다. 고운 선이 반짝이는 금반지가 오롯이 담겨 있었다.

"……!"

은영은 침음이 터져 나오려는 제 입을 가렸다. 두 눈에 감격의 눈물이 뜨겁게 고이고 있었다. 곁눈으로 슬쩍 본 민호가 덧붙였다.

"여기서 줄 생각 아니었는데. 네가 날 자극했잖아."

은영의 뺨 위로 한 줄기 눈물이 흘러내렸다.

반지를 잡은 손가락 끝이 가늘게 떨려왔다.

이제는 결정해야 한다.

이 반지를 손가락에 끼우고 나면 되돌릴 수 없게 된다.

"같이 살자, 글쟁이끼리."

조바심이 난 민호가 또 말했다.

은영이 눈물을 훔치고는 천천히 고개를 들었다.

한참의 침묵 후, 그녀가 가까스로 입을 열고 물었다.

"나 마감할 때마다 형이 밥해주고 청소도 해줄 거야?"

"당연하지."

반지가 손가락으로 쏙 들어갔다.

너무 죄지도 헐겁지도 않게 딱 맞는 사이즈였다.

은영이 반지 낀 손을 눈앞으로 활짝 펼쳐 보였다.

"와, 정말 예쁘다. 내 손가락."

"나 참, 어이가 없어서."

은영이 품 하고 웃음을 터뜨렸다.

바로 그때, 식탁 위의 핸드폰이 몸을 떨며 현경으로부터 전화가 걸려왔다.

"응, 현경아."

―누나 어디예요? 하 작가님 사무실 놀러오셨어요. 이제 같이 저녁 먹으러 나가려는데.

"어머, 정말? 민호 형, 하 작가님 놀러오셨대. 같이 저녁 먹자고 하신다는데 그리로 합석할까?"

"좋지. 동해에서 올라오시고 아직 한 번도 못 뵀는데."

민호와 은영은 계산을 마치고 식당을 나섰다.

어느새 은영은 민호에게 팔짱을 끼고 있었다. 덕분에 민호는 겨울바람이 전혀 춥지 않았다.

BIG LIFE

'아아……!'

재건은 콧등을 손으로 꾹 누르고 울음을 삼켰다. 혼자 영화를 보고 있는 것이 아니다. 우는 모습을 남들에게 들키고 싶지 않았다.

'아, 진짜…… 너무 슬프다.'

참으려고 할수록 걷잡을 수 없는 눈물이 쏟아진다. 소리 죽여 내뱉는 숨결은 불처럼 뜨겁다. 젖은 두 눈을 통해 보는 스크린은 계속 희뿌옇기만 했다.

이윽고 영화가 끝이 났다. 재건은 천천히 올라가는 엔딩 크레디트에 두 눈을 박은 채로 움직일 줄을 모르고 있었다.

영화가 남겨준 여운이 너무도 강렬했다. 한동안은 후유증에서 벗어나지 못할 것 같았다.

"너 왜 그러냐?"

영화가 끝나고 불이 켜졌을 때, 옆자리에 앉아 있던 도준이 깜짝 놀라며 물었다. 재건은 부끄러운 듯이 웃으며 휴지로 눈가를 훔치고 있었다.

"야, 재건아. 왜 그래? 이거 네 소설로 만든 영화야."

"너무 감동적이었어. 진짜 한국 영화 보면서 이런 느낌 간만이야."

"이거 완전 웃기네. 이야, 원작자도 눈물 콧물을 쏟게 만들다니. 무조건 대박 나겠어, 아주."

'바다가 있었다' 제작자 관련 시사회였다.

실망감만 가득했던 '스무 살의 여름' 때와는 정반대의 강렬한 충격이었다.

재건은 다리에 힘이 풀려 일어서기도 힘들 지경이었다.

'이걸로 됐어…….'

재건은 뭉클한 가슴에 한 손을 얹고 웃었다.

단 한 점의 불만도 느낄 수 없었던 영화였다.

자신의 시나리오를 그대로 스크린에 쏟아냈다. 애초에 머리에 그렸던 원작의 감성에서도 벗어난 구석이 거의 없었다.

이 정도면 충분히 만족이다.

설령 영화가 망해 버린다고 해도 재건은 후회스럽지 않을 것 같았다. 태성의 노고를 생각하면 정말로 그래서는 안 되겠지만.

"안녕하세요, 하재건 작가님. 저 편집 맡은 박석지예요."

석지가 다가와 웃는 낯으로 인사를 걸었다.

재건은 자리에서 일어나 그녀와 악수를 교환했다.

"안녕하세요. 스무 살의 여름 때도 편집 맡아주셨죠? 처음 뵙겠습니다. 영화 잘 다듬어주셔서 정말 고맙습니다."

"우후후, 저는 초면이 아닌데. 스무 살의 여름 시사회 때도 뵈었거든요. 근데 그땐 하 작가님께서 금세 나가 버리셔서요."

"아아, 네……."

재건이 당시의 울적한 감정을 곱씹으며 쓰게 웃었다.

석지가 주변을 살짝 두리번거리고는 재건의 귓가에 대고 나직이 속삭였다.

"스무 살의 여름 때와는 가져온 재료가 비교를 불허할 만큼 신선했어요. 대박날 거 같으니까 하 작가님 앞으로 더욱 바빠질 각오하셔야 될 거예요."

"말씀 고맙습니다."

다가온 도준이 껑충한 키로 두 사람 곁에 섰다.

"밥 먹으러 가야지. 석지 누나도 같이 가요."

"그럴까? 근데 도준이 너 인터뷰는 어떡하고?"

"두 시간 정도 여유 있어요. 여기 간장게장 맛있는 데 있으니 거기로 가죠. 너 먹을 줄 알지?"

"없어서 못 먹지."

일행을 태운 차가 식당을 향해 출발했다.

운전하던 매니저 태봉이 재건을 향해 축하를 건넸다.

"바다가 있었다 80만 부 돌파했더라고요. 영화 개봉되고 나면 금세 100만 부 찍겠는데요?"

곧바로 석지가 바통을 이어받았다.

"영화 잘돼서 5월 말에 레드카펫 한번 밟으셔야죠. 백송예술대상이요. 감독상, 편집상, 각본상 싹쓸이 기대하고 있어요."

"누나, 남우주연상은 왜 빼요?"

"어머, 그건 좀 생각을……."

"저 누나 밥값은 안 낼 테니 그렇게 아세요."

도준을 제외한 모두가 웃음을 터뜨렸다.

재건은 입가에 미소를 짓고서 주머니의 핸드폰을 꺼내 들었다. 수희로부터 걸려온 전화였다.

"어, 수희야."

─시사회 어땠어? 영화 좋았니?

시작부터 인사도 거르고 '바다가 있었다'에 관한 질문이었다. 재건은 창가 쪽으로 고개를 돌리고 목소리를 낮춰 대답했다.

"난 정말 좋았어. 다른 사람들은 어떨지 모르겠지만."

─원작자가 좋으면 좋은 거지. 다행이다. 나도 기대돼.

싱그러운 수희의 목소리가 피로를 녹여주었다. 재건은 그녀가 자신을 보고 있다는 듯이 고개를 주억거렸다.

"이제 영화도 끝났으니까 오스카의 던전에만 집중하면 될 것 같아."

─시나리오 개요 보내준 거 좋았어. 이대로만 가면 될 것 같아. 이사님도 좋다고 하셨어.

"그래? 다행이다. 웹툰은 어때?"

만화는 완성되기까지 오랜 시간을 필요로 한다. 때문에 아직 출시가 멀었지만 소미는 부지런히 웹툰 작업을 하는 중이었다.

　―나쁘지 않더라. 괜찮아.

　수희의 대답에 재건은 고개를 갸웃거렸다.

　나쁘지 않다고?

　업무에 있어 적당이라는 걸 모르는 여자다. 좋거나 혹은 싫거나 호불호가 극명한 그녀의 대답치곤 개운치 못한 구석이 있었다.

　―그건 그렇고 재건아, 너 회사에 나와서 작업해 줄 수 있는지 물어보려고 전화했어.

　"넥션으로?"

　―응, 아무래도 회의 때마다 같이 얘기하는 게 좋잖니. 당연히 너도 바쁜데 매일 나와 달라고 부탁하는 건 아니고 한동안은 일주일에 이틀 정도만?

　"어렵지 않지, 다만……."

　재건이 말끝을 흐렸다. 보기만 해도 피곤해지는 명훈의 얼굴이 눈앞에 떠오르고 있었다.

　―불편한 구석은 없을 거야. 내가 보장할게.

　심기를 읽기라도 한 것처럼 수희가 또박또박 말을 이었다.

　재건도 그녀의 의중을 파악하고 다시금 웃었다.

　"알았어, 그럼 그렇게 할게."

　―고마워. 점심 맛있게 먹어. 내가 다시 전화할게.

"어, 너도."

조수석의 석지는 백미러를 통해 재건을 쓱 보고는 중얼거리듯 말했다.

"좋아하는 여자분이신가 보네요."

"아니요, 그냥 대학 동기예요. 지금은 게임 때문에 같이 일하고 있어요."

"거짓말. 좋아하는 사람하고 얘기할 땐 원래 얼굴에 티가 나는 법이랍니다."

"야, 재건아. 석지 누나 말 진짜냐? 얼굴 예뻐? 누군데?"

"대학 동기라니까."

신호가 풀리고 차가 속도를 높였다.

달리는 차 안에서 재건은 한껏 기지개를 켰다.

또 한 번 커다란 산맥을 넘어선 느낌이었다.

비로소 재건은 '바다가 있었다'를 뇌리에서 완전히 떠나보냈다.

54장
감독이 다르다니까

'아, 정말 너무 두렵다.'

연우는 초조하게 엄지손톱을 잘근잘근 씹고 있었다.

'무신 매니지먼트'에 이어 차기작 1, 2권 초고를 완성했다.

제목은 '나는 반박한다'.

우연한 기회에 놀라운 화술 능력을 얻게 된 주인공이 현대 사회에서 승승장구하는 내용이다.

'왜 이렇게 오래 걸리지.'

닫힌 방문을 쳐다보며 연우는 침을 꿀꺽 삼켰다.

집중해서 읽겠다고 초고를 갖고 들어간 사람이 1시간이 지나도록 나올 기미가 없는 것이다.

조바심을 못 이긴 연우는 컴퓨터 전원 버튼을 눌렀다.

멀거니 기다리고 있을 바엔 인터넷이나 하고 있는 편이 나을 것 같았다.

'와, 재건이 형 나 혼자 살아 나갔던 기사가 아직도 나와.'

영화 개봉을 코앞에 두고 있어서일까.

방송된 지 한참이나 지난 '나 혼자 살아'에 관한 기사들이 다시금 쏟아져 나오고 있었다.

언제나 그랬듯이 기사를 읽고 난 연우는 댓글란으로 시선을 내렸다. 줄을 잇는 긍정적인 반응들 속에서 유독 날선 댓글 하나가 눈에 밟혔다.

─작가가 본업은 등한시하고 예능에 출연해서 실실거리는 꼴이라니;;;; 작가라는 타이틀이 부끄럽지 않은지. 돈이 그렇게 좋은가. 얼굴로 글 써대려는 거 보니 하재건도 길게 가는 작가는 못 될 듯;;;;

'뭐야, 이 자식은 또? 남이 뭘 하든 말든 왜 이렇게 오지랖이 넓어?'

그저 연우 혼자만의 착각일까.

'나 혼자 살아' 출연 이후 재건을 향한 악성 댓글의 빈도가 늘어나는 느낌이었다.

재건은 그다지 신경 쓰지 않았지만 연우는 매번 불쾌함을 숨길 수가 없었다.

"야옹."

"아, 리카야."

연우는 무릎 위로 폴짝 뛰어 올라온 리카의 목덜미를 쓰다듬으며 일러바치듯이 말했다.

"형이 워낙 잘나서 그런지 악플러들이 점점 더 나온다. 이거 신경 쓰지 말아야 되는데 어떡하냐? 볼 때마다 빡쳐서 미쳐 버릴 거 같아. 뭐? 신경 쓰지 말라고? 넌 그게 돼? 너 지금 날 한심하다는 눈초리로 보는 거냐? 어?"

그때, 연우의 등 뒤로 방문이 열리며 재건이 나왔다.

"왜 가만있는 리카 괴롭히고 그래?"

"괴롭히다니요, 형. 진취적인 토론 중이었어요."

연우는 너스레로 말을 받는 동시에 재빨리 화면을 껐다.

어지간하면 악성 댓글에 관해서는 언급하지 않으려고 마음먹었다. 조금이라도 재건이 그쪽으로 신경을 쓰게 만들고 싶지 않았다.

"나는 반박한다 다 읽었다."

"어떠셨어요?"

"음, 재미있었어."

연우가 긴장으로 침을 꿀꺽 삼켰다.

재건이 들려주는 감상이라면 이제는 익숙했다.

일단은 항상 칭찬으로 시작한다. 그 뒤를 이어 개선해야 할 점을 하나씩 지적한다. 그간 연우가 느낀 바로는 칭찬할 점이 1개일 때 문제점은 적어도 10개가 넘었다.

'오늘도 엄청나게 까이겠군.'

글에 관한 이야기를 할 때만은 어김없이 매의 눈이 되어버리는 재건이다. 연우는 한껏 까일 각오를 굳히고 고개를 살짝 떨어뜨렸다.

그런데.

"3권 초고 나오면 보여줘."

"……?!"

연우가 놀라서 고개를 쳐들었다.

재건은 태연한 표정으로 커피를 타는 중이었다.

"형, 무슨 말씀이세요?"

"3권 나오면 보겠다고."

"그게 아니라…… 더 지적하실 부분 없으신 거예요?"

"잘 썼는데 왜. 그간 내가 일러준 점들 다 개선됐던데?"

재건이 커피 한 모금을 홀짝이고는 말을 이었다.

"네 글이 원래 지문이 많았잖아. 스마트 기기로 웹소설을 보는 독자들에게는 호불호가 갈릴 부분이라고 말했던 거 기억나지?"

"네, 형."

"지문은 대폭 줄어들었고, 대화문도 늘었고, 주인공도 무리수 없이 현실적으로 잘나가고 있고. 난 좋았어. 3권 내용이 궁금해진다."

연우가 몸을 부르르 떨었다.

꽉 다문 입술로는 한껏 미소를 그려내고 있었다.

세상에서 가장 좋아하는 작가로부터 칭찬받았다. 전력을 다해서 쓴 보람은 넘치고도 남았다.

드르륵!

"어, 권 대표님이시네. 여보세요?"

―하 작가님, 이제 수원 내려가시는 중이시겠네요.

"아니요, 아직 사무실이에요. 연우 차기작 좀 읽어주느라고요."

―나는 반박한다 말씀이시죠? 벌써 원고 완성됐나 보네요. 아직 저한텐 보내주시지도 않았는데.

"아하하, 정말요? 제가 보기엔 좋은데 권 대표님 보시기엔 또 어떨지 모르겠어요. 저도 대표님 안목에 의지하는 글쟁이잖아요."

―아니에요, 이젠 제가 하 작가님 안목에 기대는 편집자가 됐다니까요. 아, 그런데 그거요. 제목은 가칭이죠?

재건은 슬쩍 연우의 기색을 살피며 되물었다.

"나는 반박한다, 이거요?"

—네, 혹시 이번에도 하 작가님이 지어주신 거예요?

"죄송합니다……."

—하하하, 왜 사과를 하세요. 나쁘지 않은 제목이에요. 근데 좀 더 좋은 제목이 있을 수도 있으니까 한번 고민은 해보는 게 좋겠습니다.

웃음소리가 잦아들고 태원의 목소리가 진중해졌다.

—서론이 길었네요. 사실 해외에서 메일 한 통을 받아서 이거 말씀 좀 드리려고 전화 드린 거예요.

"해외에서 메일이요?"

—L.A에 거주하는 재미 교포분이 메일을 주셨더라고요. 더 브레스를 너무 감동적으로 재미있게 읽었다고요. 이런 글 써주셔서 작가님께 무척 감사드린대요.

"아아, 네……."

재건이 믿어지지 않는다는 듯이 침음 섞인 대답을 흘렸다.

물 건너 저 먼 외국에서도 내 글을 읽어주는 사람이 있었다니. 생각지도 못한 이야기가 그의 가슴을 울렸다.

태원의 말이 이어졌다.

—오스카의 던전은 종이책으로 나와서 아직 이북이 없잖아요. 근데 더 브레스는 애초에 유료 연재로 시작해서 바로 읽을 수가 있었대요.

"그랬군요."

—근데 이분이 참 애매한 말씀을 하시네요. 더 브레스가 너무 재밌어서 동포 친구들에게 소개시켜 주고 싶은데, 한국 말을 못하는 사람이 많다는 거예요.

"아아, 네."

—그래서 영어로 번역을 해서 동포들끼리 돌려서 읽고 싶다고 하는데 이거 뭐라고 대답을 해줘야 할지. 엄밀히 따지면 불법인데, 하지 말라고 말해봤자 번역을 안 할 것 같지도 않고요. 그래서 제가 상업적으로 배포하지 말아 달라는 식으로 간략하게는 답을 드렸어요.

"고맙습니다. 정말 난처한 질문이네요."

—사실 이런 일이 처음은 아니에요. 이름만 대면 누구나 알 국내 모 판타지도 이런 일을 겪었거든요. 이건 그만큼 하 작가님 인기가 솟구치고 있다는 반증 정도로 생각하시면 될 것 같아요. 자세한 건 제가 메일 그대로 드렸으니까 한번 읽어보세요.

"알겠습니다. 바로 읽어볼게요."

—네, 하 작가님. 조심히 내려가시고요. 내년에도 잘 부탁드릴게요.

"저도 잘 부탁드립니다. 그럼 고생하세요."

전화를 끊은 재건은 멍하니 서서 생각에 잠겼다.

머나먼 타지에도 독자가 있었다니.

이 사실은 지금까지 지나쳐 온 작가로서의 삶은 되돌아보는 계기를 만들어주었다.

지금까지 언제나 한국인을 대상으로만 글을 써왔다.

애초에 외국인이 읽어줄 거라는 생각 또는 기대를 품은 적이 없었다. 막연히 벅차오르는 감동으로 재건은 오래도록 움직이지 못했다.

"그렇게 좋으세요?"

"억."

재건이 몸을 흠칫 떨며 한 걸음 물러섰다.

어느새 곁에 뒷짐을 지고 선 연우가 짓궂게 웃고 있었다.

"뭐야, 다 들은 거야?"

"형 핸드폰 음량이 세잖아요. 대표님 말씀 다 들렸다고요. 형이 너무 감동스러워하시는 거 같아서 좀 즐기시라고 기다리고 있었죠."

"아니, 좀 놀라서……."

"역시 대단해요, 형. 두고 보세요, 풍천유라는 이름이 온 지구로 뻗어 나갈 테니까."

"넌 또 설레발치지 말고."

재건이 리카를 가슴에 안아 들었다.

문득 텅 빈 사무실이 한눈에 들어왔다.

연우를 제외한 모든 작가가 연말을 맞아 본가로 내려가고 없었다.

"이제 내려가셔야죠, 형. 잘 다녀오세요."

"너는 안 내려가?"

"저는 집보다 사무실에 있는 게 훨씬 편해요. 저 반겨줄 사람도 없고요."

연우가 제 뺨을 긁적이며 씁쓸하게 웃었다.

재건은 길게 생각하지도 않고 연우의 초고를 저장한 다음 컴퓨터 전원을 껐다. 연말연시를 이 넓은 사무실에서 혼자 보내도록 놔두고 싶지 않았다.

"같이 가자."

"형 집에요? 아니, 괜찮아요. 형, 괜히 또 저 신경……."

"너 내 매니저잖아. 당연히 같이 가줘야지. 2박 3일 정도 머무를 테니까 짐 챙겨."

"……."

"빨리 안 챙겨?"

"네, 네! 지금 바로 챙길게요."

연우가 부랴부랴 갈아입을 옷과 노트북을 챙겼다.

약 10분 후.

두 사람은 수원으로 향하는 차 안에 몸을 싣고 있었다.

"와, 구조 잘 빠졌네. 집에서도 가깝고."

수원 본가 인근의 사거리에 위치한 건물 2층.

재인은 40평형대를 통째로 임대했다. 본인의 학원을 운영할 목적으로 임대한 것이다.

"초중고 다 받을 거야. 과목은 영어랑 수학."

"학원 차로 애들 집에 데려다주기도 하고 그래야 하잖아."

"면허 땄는데 뭐가 문제?"

"면허 얘기가 아니라 누나 혼자 이걸 어떻게 다 할 수 있겠냐는 거야."

"난 그런 걱정 안 해. 임대료 충당할 만큼 학생 수나 만들 수 있을지 모르겠는데 뭘."

"학원 이름은 정했어?"

"아니, 아직……."

재건이 뜸도 들이지 않고 바로 제안했다.

"누나 이름 따서 재인학원으로 해."

"재인학원?"

"재인이 재주가 많은 사람이란 뜻도 있잖아. 오래전부터 생각한 거야. 난 재인학원 추천해."

"내 이름 쓰려니까 좀 낯간지러운데."

"아무도 신경 안 써. 자의식 과잉이시네."

"어쭈, 이게 누나를 또 살살 놀리네?"

"어어억."

재인이 등 뒤에서 재건의 목을 졸랐다.

재건은 꺽꺽거리다가 바닥에 엉덩방아를 찧었다.

이내 목을 조이던 힘이 약해졌고 자신을 끌어안는 누나의 체온이 확연해졌다.

"고마워."

"또 뭐가."

"전부, 그냥 전부."

"……나 만약 지금 돌아봤는데 누나 또 울고 있으면 화낸다."

"안 울어, 안 울어."

재인이 목소리를 부쩍 높이며 몸을 떼어냈다. 돌아서서 눈가를 찍는 그녀의 뒷모습을 보고 재건은 소리 없이 웃었다.

"이제 슬슬 가야지. 30분 후면 시작되는데."

"응, 그래야지."

오늘은 '바다가 있었다'의 개봉일이다.

'스무 살의 여름' 때와는 다르다. 이번에는 가족들과 함께 영화를 볼 자신이 충만했다.

건물 앞 갓길에 재건의 차가 시동을 켠 채로 멈춰 있었다.

운전석에는 연우가, 뒷좌석에는 석재와 명자가 나란히 자리를 채우고 있었다.

"어때, 재건아? 네 누나 학원 넓지?"

재건이 조수석에 올라타자마자 명자가 기다렸다는 듯이 물었다.

"그러게. 엄마가 봐 주신 거라면서?"

"당연히 내가 봐야지. 울 집에서 부동산 볼 줄 아는 사람 엄마밖에 더 있어? 여기 목도 좋고 건물주 인성도 좋아. 재인이 학원 이 동네서 제일 잘나갈 거야."

연우가 액셀을 밟고 차가 달리기 시작했다.

도로는 한산해서 목적지인 극장까지는 금세 도착할 수 있었다. 백화점 내에 위치한 대형 극장이었다. 티켓은 가장 편안한 자리로 예매해 두었다.

"엄마, 아버지. 간식거리 안 드셔요?"

"나는 됐다."

"엄마도 됐어. 집중해서 봐야지. 물이나 한 병 사줘."

재건 가족과 연우까지 5명이 좌석에 나란히 앉았다. 옆에 앉은 재인이 재건의 귓가에 대고 속삭이듯 물었다.

"스무 살의 여름 때는 집에도 안 오더니. 이번 작품은 엄청 자신 있나 보지?"

"보면 알게 될 거야."

"좋아, 어디 한번 평론가의 눈으로 감상해 주겠어."

관객석은 빈자리 하나 없이 꽉 차 있었다.

바로 앞자리에 앉은 커플의 대화가 들려왔다.

"또 영화 개말아먹은 거 아냐? 하여간 원작 있는 작품 영화화해서 잘 나온 꼴을 못 봤어요."

"감독이 다르다니까. 이번엔 우재훈 아니라고."

"보니까 검증도 안 된 신인 감독이던데. 하여간 30분만 보면 알지. 더 병신같이 만들었을지 누가 알아? 이번에도 개떡같으면 나 중간에 박차고 나간다."

어둠 속에서 재건이 쓴웃음을 지었다.

재인은 아무런 말없이 손을 뻗어 깍지를 끼듯이 그의 손을 잡아주었다.

불이 꺼지고 영화가 시작되었다.

이미 시사회에서 작품을 접한 재건은 편안한 마음으로 영화를 감상했다. 다시 봐도 좋은 작품이었다.

영화가 중반부에 다다랐을 즈음.

"어, 어흐흑……."

앞자리의 커플 중 여자가 참지 못하고 울음을 터뜨렸다.

영화에 대해 부정적이었던 남자는 화면에 시선을 고정시킨 채 휴지를 꺼내 여자에게 내밀고 있었다.

그 모습을 본 재인은 우는 얼굴로 입가에 미소를 그렸다.

"얘, 네 아빠 운다."

옆의 명자가 키득거리며 재인에게 속삭였다.

재인은 놀라서 어깨 너머로 석재를 몰래 살피고는 다시 명자에게 속삭였다.

"그러지 마, 엄마. 아빠 자존심 알면서."

"웃기잖아. 표정 근엄한 척하면서 훌쩍이는 거 봐."

꽈악.

재건의 손을 잡은 재인의 손길에 힘이 가득 들어갔다. 다른 말은 더 필요하지 않은 최고의 칭찬이었다.

그리고······.

엔딩 크레디트가 전부 올라갈 때까지 앞자리의 커플은 자리를 떠나지 않았다.

화려한 시작은 결코 아니었다.

스크린을 선점한 해외 블록버스터 영화들 사이에서, '바다가 있었다'는 조용히 명함을 내밀었다. 개봉 첫 주는 50만 명이란 다소 아쉬운 성적을 기록했다.

"괜찮을까요, 편집장님?"

"걱정하지 말아요. 이제부터 시작입니다."

웅성 미스터리움의 직원들은 걱정일색이었지만 명석은 태연했다.

기대 이상으로 영화가 잘 만들어졌다.

원작 소설과 영화를 모두 접한 관람객들이 반드시 뒷심을 발휘해 줄 것이라 그는 굳게 믿고 있었다.

"아, 편집장님. 어제 자로 소설은 100만 부 돌파했습니다."

"그래요? 무비워커 박 기자하고 씨네2000 오 기자에게 연락하세요. 라디오 광고도 교체하시고."

"네, 알겠습니다."

명석의 과감한 투자가 일궈낸 마케팅은 힘을 잃지 않았다.

재건이란 작가와 그의 작품을 향한 신뢰가 있기에 가능한 일이었다.

자신의 안목이 확실하다는 것을 증명하고 싶었다. 틀렸다면 이미 안목이라고 표현할 수가 없는 것이다.

개봉 둘째 주.

명석의 예리한 안목이 점차 증명되고 있었다.

영화를 접하고 난 관람객들의 찬사가 인터넷에 대대적으로 쏟아져 나오기 시작했다.

-최근 한국 영화들 중에 제일 좋았다. 스무 살의 여름 생각하고 안 보면 오산(경기도 오산 아님 ㅎ)

-감독 하나 바뀌었다고 이렇게 영화가 달라지냐;;;;;

-눈물 콧물 다 빼고 봄 ㅠㅠ 스무 살의 여름 때문에 걱정이 많

았는데 남친도 울고 저도 울었어요. 감동 백배ㅠㅠㅠ

—윤태성 감독 신인인데 짱이네요. 하재건하고도 케미가 좋았던 듯? 이번에 하재건이 시나리오까지 직접 다 썼다는데.

—박도준이 이렇게 연기를 잘하는 배우였구나…….

—하재건 작가님! 이번엔 도준 오빠랑 기분 좋게 술 한잔 하실 듯!

입소문은 꼬리에 꼬리를 물고 이어졌다.

때때로 입소문은 비싼 돈을 지불해야 하는 마케팅 이상의 힘을 발휘한다. 친구가 된 인기 배우 도준과 원작자 재건의 긍정적인 이미지도 단단히 한 몫을 하고 있었다.

관람객 다음은 평론가들이 바통을 이어받았다.

[진짜빼기 건달은 없는 세상, 하류 인생이 그려내는 비열한 진실의 보고서 – 씨네2000 김효상]

[훌륭한 짜임새와 디테일, 신인 감독의 작품이라 믿기 어려운 호흡 – 무비워커 강형석]

[충무로에 윤태성의 이름 세 글자가 아로새겨지다 – 영화 저널리스트 박팽식]

[느와르와 드라마라는 장르에 대한 깊은 이해도, 매력적인 캐릭터와 잘 짜인 각본이 일궈낸 카타르시스 – 영화 저널리스트 김주연]

[시대와 인간을 담아낸 장르, 살아서 꿈틀거리는 이야기, 한국 느와르는 이제부터 시작이다 – 칼럼니스트 허지완]

한국 최대 검색 포털 사이트 네이빈에서 평론가 평점이 무려 9.1점을 기록했다.

네티즌 평점 역시 8.9점이란 높은 수치였다.

고평가는 영화에 한층 힘을 보탰다.

관객 수는 빠르게 증가했다. 수많은 사람이 '바다가 있었다'를 보기 위해 혹한을 뚫고 극장가로 찾아들었다.

기어코 개봉 3주째.

영화는 관객 수 300만 명을 넘기는 기염을 토해냈다.

각종 언론은 비수기의 극장가에서 홀로 분투하는 이 자국 영화의 흥행을 앞다투어 뉴스로 내보냈다.

원작자의 전작과 과거 방송의 모습들에 대해서도 온갖 기사가 쏟아졌다. 재건의 얼굴을 아는 사람의 수는 하루가 다르게 늘어가고 있었다.

BIG LIFE

'빌어먹을……!'

재훈은 신문을 구겨서 구석으로 내던졌다.

'바다가 있었다'를 향한 세간의 찬사 앞에서 부아가 치밀고
만 것이다.

'이 평론가 자식들이 단체로 약 빨았나? 씨네2000 김효상
은 평점을 9.5점이나 줘? 내가 어떤 기분인지 아는 놈이?!'

이곳은 '바다가 있었다'도 거쳐 갔던 박석지 개인 편집실이
었다.

지금은 재훈의 신작 '히말라야 산맥'의 편집이 진행되고 있
었다. 이제 개봉을 일주일 앞둔 시점이었다.

"이런 씨발, 담배가 왜 벌써 없어?!"

재훈은 재떨이에서 꽁초 하나를 집어 불을 붙였다.

두툼한 손가락 끝이 와들와들 떨렸다.

개봉일이 다가올수록 자신감도 조금씩 사라지고 있었다.

"빌어먹을……. 걱정 안 해……. 나 우재훈이야……!"

재훈은 스스로를 독려하듯 연신 중얼거렸다.

자신의 신작은 실화를 바탕으로 한 블록버스터 산악 영
화다.

대중이 좋아할 무난한 장르인 데다 화제성도 충분하다. 여
기에 전 연령 관람가라는 강점도 있다. TV와 라디오, 인터넷
을 통해 펼쳐지는 광고도 나무랄 데 없이 훌륭했다.

"우 감독님, 들어오셔서 한번 보세요."

문을 열고 나온 석지가 말했다.

재훈은 피우던 담배를 재떨이에 비벼 끄며 고개를 내저었다.

"뭘 또 봐. 이제 내 손 떠났어."

퉁명스럽게 내뱉고 난 재훈은 겉옷을 챙겨 일어섰다.

그가 편집실을 떠나자마자 석지는 긴 한숨을 내쉬었다.

'무슨 영화를 이따위로 찍어왔어?'

'히말라야 산맥' 편집을 총지휘한 석지의 감상은 최악이었다.

재훈이 가져온 재료는 전혀 신선하지 못했다. 보는 관객으로 하여금 감동과 눈물을 강요하는 느낌에서부터 거부감이 일었다.

'썩은 재료로 만든 음식에 좋은 맛을 기대하는 건 어불성설이지……. 에휴, 몰라.'

드르륵!

주머니의 핸드폰이 몸을 떨었다.

핸드폰을 꺼내 든 석지의 얼굴에 환한 미소가 어렸다.

재건이 보내온 메시지였다.

-편집을 잘해주신 덕분에 영화가 좋은 평가를 받고 있네요. 요즘도 많이 바쁘시죠? 피자 세 판 보내드립니다. 자장면만 드시지 말고 편집실 식구분들이랑 맛있게 드세요.

석지는 피자 기프티콘을 기쁘게 받고 그 자리에서 답장을 보냈다.

-잘 먹을게요, 작가님! ^^ 백송예술대상에서 만나요!

BIG LIFE

"하하하."

"왜 실실 쪼개냐?"

"아니, 바다가 있었다 편집한 기사님인데 백송예술대상에서 만나자고 하시네. 사람 설레게."

"그렇게 될 수도 있지. 이번 영화 끝내주던데."

종로 낙원상가 인근의 허름한 순댓국밥집.

재건은 간만에 만난 정진과 머리고기를 안주로 두고 소주를 마시고 있었다. 정진은 이곳에 오기 직전 혼자서 '바다가 있었다'를 본 참이었다.

재건이 정진의 빈 잔에 술을 따라주며 말했다.

"힘들 때나 좋을 때나 넌 변함없이 내 옆에 있네."

"너 이제 겨우 한 잔 마셨는데 벌써 취했냐?"

"네가 같이 있어 줘서 얼마나 고마운지 모른다."

"그만해, 자식아. 고마우면 2차도 쏴라."

"당연하지."

정진이 재건의 잔에 술을 따라주며 물었다.

"이제 한시름 놨지? 아니구나, 오스카의 던전 게임 시나리오 때문에 또 정신없어지나?"

"아예 새로 쓰는 것도 아니고 원작이 있어서 딱히 힘들지는 않아."

"근데 말하는 표정이 왜 그래? 영 힘이 없어 보이는데."

"……."

재건은 대답 대신 차가운 소주를 목젖으로 넘겼다.

게임 시나리오를 쓰면서도 서건우의 대답을 한 번도 듣지 못했다. 그간 위대한 대선배에게 얼마나 많이 의지해 왔는지를 실감하는 나날이었다.

이윽고 재건이 술잔을 내리며 입을 열었다.

"자신이 없다고 해야 되나."

"자신이 없다고?"

"내가 쓰는 시나리오가 재미있는지 확신이 안 서."

"수희는 뭐라는데?"

"재미있대."

"그럼 됐지 뭐가 문제야? 수희가 동기 사이라고 덮어놓고 좋게 말해줄 애냐? 수희가 재밌다고 하면 정말 재밌는 거야."

"그럴까?"

"하여간 100만 부 작가가 헛소리 늘어놓는 거 봐라. 뭐? 자신감이 없어? 말이냐, 짖는 거냐? 술이나 줘라."

드르륵!

도준으로부터 전화가 걸려왔다.

재건은 술병을 내려놓고 핸드폰을 귓가로 가져갔다.

"어, 도준아."

도준이라는 말에 눈앞의 정진이 두 눈을 동그랗게 뜨고 있었다.

―시끄럽네. 어디 밖이야?

"아, 식당이야. 친구랑 저녁 겸 소주 한잔 하고 있어."

―친구? 친구 누구? 나보다 친해?

"무슨 그런 질문이 있냐. 대학 때부터 친한 친구야."

―아, 전에 말했던 그 정진이라는 분?

"기억력도 좋아, 박도준."

―나 거기 끼어도 되냐? 할 말 있어서 그러는데 만나서 하는 게 좋을 거 같다. 네 친구도 소개시켜 주고.

"괜찮겠어? 여기 사람 많은데."

―너랑 김밥천국에서 김밥 먹었던 사진도 돌아다니는데 뭘 상관이야. 주소 톡으로 보내라.

전화를 끊은 재건은 우선 정진에게 양해부터 구했다.

도준이 온다는 말에 정진은 즉시 반색했다.

"야, 당연히 상관없지. 아니, 오히려 좋지. 내가 언제 그런 대스타랑 소주를 마셔보겠냐? 진짜 지금 온대?"

"어, 그럴 거 같은데."

재건이 메시지로 주소를 보내고 30분 후.

문이 열리며 모자에 선글라스를 착용한 도준이 식당으로 들어섰다. 식당의 특성상 손님들의 연령대가 높은 편이어서 바로 그를 알아보는 사람은 없었다.

"여기야."

재건이 손을 흔들어 보였다.

도준은 선글라스를 벗고 탁자 한쪽에 자리를 잡았다.

"인사해. 이쪽은 내 친구 박정진, 그리고 이쪽은 우주 대스타 박도준."

"안녕하세요, 박도준이라고 합니다."

"아, 아하하. 네, 정말 뵙게 돼서 반갑습니다. 저 박정진이라고 재건이 친굽니다."

정진은 반쯤 얼이 빠진 표정이었다.

머리고기가 놓인 탁자에 도준과 함께 앉아 있는 현실이 좀처럼 믿어지지 않는 것이다.

"제가 한 잔 드리겠습니다."

"아, 아이고. 죄송합니다. 제가 먼저 드렸어야 했는데. 저도 한 잔 드릴게요. 그리고 영화 정말 잘 봤습니다. 연기 진짜 잘하시더라고요."

"고맙습니다. 재건이 작품이라 제가 노력 좀 했습니다."

세 사람이 잔을 높이 들고 건배를 나눴다. 소주 한 잔을 쭉 들이마시고 난 재건이 도준에게 물었다.

"태봉이 형은? 밖에 계신 거면 들어오시라 그래."

"나 혼자 왔어. 태봉이 형 친구 결혼식 갔거든."

"그렇군. 근데 할 말이라는 게 뭐야?"

"안주 하나만 먹고 말하자."

도준이 머리고기 한 점을 새우젓에 찍어 입으로 가져갔다. 여전히 정진은 머리고기를 먹는 인기 배우의 모습을 멍하니 쳐다보는 중이었다.

"너 하루세끼 알지?"

"하루세끼? 예능이야?"

"하루세끼를 몰라? 왜, 차송원이랑 유회진 나왔던 프로 있잖아. 어촌에서 고기 잡고 밥 해먹는 거."

"아아, 그거? 알지."

재건이 고개를 끄덕이며 대답했다.

제목만으로는 몰랐는데 내용을 들으니 얼핏 본 기억이 났다. 어머니와 누나가 무척 좋아하는 프로그램이다.

"우리 그거 할까?"

"하루세끼를? 너하고 나하고?"

"어. 친한 PD님이 섭외하고 싶다고 연락 왔어. 너랑 나 모양새 좋다고."

재건 대신 정진이 손뼉을 딱 치며 소리치듯 말했다.

"장난 아니네, 하루세끼 섭외라니. 야, 재건아. 무조건 나가라. 이거 진짜 재밌는 프로잖아."

"으음……. 글쎄, 이건 생각 좀 해봐야겠는데."

재건은 일단 말을 아꼈다.

앞으로의 일정이 어떻게 될지 알 수 없다. 출연 목적이 명확하지 않은 방송은 나가지 않겠다고 일찌감치 마음도 정한 참이었다.

드르륵!

"웅성 편집장님 전화다. 전화 좀 받고 올게."

"빨리 들어와."

재건은 시끄러운 식당을 벗어나 전화를 받았다.

"네, 편집장님."

─안녕하세요, 하 작가님. 이번 주 안으로 관객 수 400만 명은 무난하게 찍겠는데요?

"이게 다 편집장님 덕분입니다. 감사하다는 말 수십 번을 해도 모자랄 거예요."

─제가 뭐 한 게 있습니까. 각본과 연출이 훌륭해서 잘 되는 거죠. 혹시 저녁 드시는 중이셨어요?

"괜찮습니다. 말씀하세요."

─다름이 아니라 웅성 대표이사님께서 한번 저녁 식사를 함께 하셨으면 좋겠다고 하셔서요. 두 작품이 연달아 베스트셀러가 되어서 감사 표시를 하시고 싶다 하십니다.

"웅성 대표이사님이요?"

─네, 하하하.

명석의 목소리에 웃음기가 가득했다.

그가 대표이사의 장남이라는 사실을 아는 재건도 작게 웃음을 터뜨렸다.

"저야 영광이죠. 언제든지 불러만 주세요."

─알겠습니다, 그럼 내주쯤으로 잡아보고 다시 연락을 드릴게요.

전화를 끊고 난 재건은 바로 들어가지 않고 핸드폰으로 오태진의 이름을 검색했다.

웅성 그룹의 대표이기 이전에 한 사람의 작가라는 사실이 기억나서였다.

'혹시 모르니까 만나기 전에 책은 읽어두는 편이 예의겠지.'

태진의 최신작 '너의 비극'이 화면 가득 떠올랐다.

재건은 그 자리에서 '너의 비극'을 주문한 뒤 식당 쪽으로 돌아섰다.

"한잔 받아, 정진아."

"아냐, 내가 먼저 줄게."

재건이 자리에 앉으며 피식 웃었다.

잠깐 통화하고 들어온 사이에 정진과 도준은 말을 놓고 있었다.

"그새 그리 친해졌어?"

"나랑 공통점이 많은 친구네. 당구도 잘 치고. 언제 한번 재건이네 지하실에서 자장면 내기로 당구 한 게임 치자."

"좋지, 재건이는 당구 잘 못 치니까 빼자."

"너도 잘 아는구나. 인간적으로 재건이 너무 못 쳐. 쓰리 쿠션 빼줘도 내가 매번 이긴다니까."

"어이없네, 이것들. 야, 다트로 승부하자고."

한바탕 커다란 웃음이 터졌다.

웃음 속에서 도준이 떨리는 핸드폰을 꺼내 들었다.

'김나연'이라는 이름이 액정에 떠 있었다. 그는 받지 않고 도로 핸드폰을 주머니에 넣었다.

"아아……."

의미를 알 수 없는 침음이 흘러나왔다. 나연은 핸드폰을 방바닥에 떨어뜨리고 술병을 손에 잡았다. 잔은 따로 없었다. 병째로 입에 대고 목울대를 울리며 술을 들이마시고 있었다.

예슬과 둘이서 살고 있는 원룸 오피스텔이다.

풀어 헤쳐진 머리칼 속으로 보이는 나연의 두 눈이 퀭했다. 그녀는 다시금 핸드폰을 잡고 인터넷 화면을 띄웠다.

–술집 여자였다니;;; 너무 더러워요;;;

–그 착한 은희 배역을 정신 나간 남자들한테 웃음 팔고 몸 팔았던 여자가 했다니…… 배신감 ㅠㅠ

–어쩐지 밑바닥을 경험해 본 사람이 아니고는 보일 수 없는 눈매다 싶었다는. 저희 집이 관상을 좀 본다는.

–이 여자 원래 경남 쪽에서도 유명했다고 하네요…….

나연의 입가에 비릿한 조소가 일었다.

소문은 한껏 왜곡되고 부풀려지길 반복하고 있었다. 경남 지역에는 여행조차 한 번 가 본 일이 없었다.

악성 댓글은 안 보면 그만이다.

실로 간단한 문제였다. 룸메이트 예슬도, 다시금 배우의 길을 걷도록 용기를 준 도준도 한결같이 그렇게 말해줬다.

하지만 독주라는 걸 뻔히 알면서도 자꾸만 마시게 되는 것이다. 안주도 없이 곁에 덩그러니 놓여 있는 소주처럼.

'도준 오빠, 저 어떡해야 돼요. 조언 좀 해주세요…….'

삑 삑 삑 삑.

신호음이 울리면서 현관문이 열렸다.

들어올 사람은 한 명밖에 없다는 것을 알기에 나연은 돌아보지도 않았다.

"언니야!"

예상대로 예슬은 보자마자 목소리를 높였다.

"또 밥도 안 먹고 빈속에 병나발이야?! 소주는 어디서 났어? 그새 또 나가서 술 사 왔어?!"

"소리 지르지 마. 머리 아파."

"소리 안 지르게 만들어 봐, 그럼!"

예슬이 술병을 낚아채서 개수대에 몽땅 부었다. 그런 다음 어둔 방에 불을 켜고 창문의 커튼도 활짝 젖혔다.

나연은 무너지듯 모로 몸을 눕히고 있었다.

"저녁 먹자, 언니야. 된장찌개 끓일까?"

"생각 없어. 너나 먹어."

우두커니 선 예슬은 울고 싶었다.

나연은 그녀에게 무척이나 소중한 사람이었다. 갈 곳 없던 자신을 먹이고 재워줬고 일대일로 연기 지도까지 성의껏 해주었다. 그러면서 어떤 보상도 바란 적이 없었다.

"언니야가……."

예슬은 터지려는 울음을 가까스로 삼키고 있었다.

"언니야가 이러면 안 돼. 언니야가 이렇게 상처받고 무너지면 나 너무 힘들어."

"……."

나연이 대답 대신 두 눈을 내리감았다. 눈꼬리 아래로 한 줄기 눈물이 흘러내리고 있었다. 그녀는 커다란 베개 밑으로 젖은 얼굴을 파묻었다.

드르륵!

예슬의 핸드폰이 몸을 떨었다.

그녀는 나연을 피해서 화장실로 들어가 전화를 받았다.

"네, 조감독님."

─시나리오 보냈어요. 감독님이 함 보고 전화 달라십니다.

"바로 확인해 볼게요."

─목소리가 왜 그래요? 어디 아파요?

"아니요, 약간 피곤해서 그런가 봐요."

─오늘 카메라 테스트하느라 긴장 많이 하셨나 보네. 몸 간수 잘해요. 감독님이 기대 많이 하시는 거 같아요.

"고맙습니다. 열심히 할게요."

─네, 끊습니다.

전화를 끊은 예슬은 메일함에 접속했다.

감독 태성이 직접 집필한 단편 영화의 시나리오가 수신되어 있었다. 하지만 열린 문서의 내용은 전혀 머리에 들어오지 않았다.

55장
세계로 나가셔야죠

"오스카의 던전 3권까지의 내용을 시즌 1로 다룹시다. 이용자들이 게임에 접속했을 때 오스카는 이미 던전의 주인이 된 상태입니다. 반목한 길드장은 적대 세력으로 위치해 있고."

"이견 없습니다."

"드래곤은 원화 작업 들어갔습니다. 이건 급한 부분은 아니지만 그래도 시나리오를 먼저 정리해 주시면 기획 팀이 작업하기 좋을 거고요."

"역시 이견 없습니다."

"아이템 리스트 보셨죠? 작명에 주실 의견 없으세요?"

"워낙 잘해주셔서 만족스럽습니다. 저는 이대로 좋습

니다."

재건의 긍정적인 대답은 물 흐르듯 거침이 없었다.

맞은편에 앉은 규호는 어딘지 꿍한 기색이었다.

넥션 모바일 기획 팀 전용의 소회의실이었다.

규호와 수희, 그리고 기획 팀원 3명이 재건과 더불어 회의하는 중이었다.

지금껏 그들이 설명한 기획안을 재건은 아무런 불만 없이 온건히 받아들이고 있었다.

'뭐 이래? 진짜 내 기획안이 죄다 좋다는 거야? 깐깐할 줄 알았더니 이건 오히려 정반대잖아.'

재건의 속내를 읽을 수가 없어서 답답한 규호였다.

원래 상대방을 완전히 파악하지 못하면 화가 나는 성격이다. 그래서 어처구니없게도 재건을 내심 아니꼽게 여기는 구석도 있었다.

'시비를 걸고 싶은데 걸 데가 없다니……!'

재건이 가져온 시나리오는 나무랄 데 없이 좋았다.

간단명료한 세계관과 매력적인 캐릭터들은 규호와 수희가 일궈낸 기획안과도 잘 맞았다.

"그럼 오늘 회의는 이쯤에서 끝낼까요?"

더 할 말이 없어진 규호가 서류를 정리하며 말했다.

그와 동시에 동석하고 있던 혜미는 녹취 중인 주머니의 핸드폰으로 손을 가져갔다.

"계속 잘 부탁드립니다, 작가님."

"저도 그렇습니다, 이사님. 그리고 다음 주에 뵙겠습니다, 여러분."

"네, 조심히 가세요."

재건과 수희가 먼저 소회의실을 나섰다.

규호는 도로 자리에 앉아 기획안을 재확인했다. 그의 옆으로 기획 팀원들이 모여들어 아첨조로 말을 붙였다.

"하 작가 시나리오 정말 괜찮으신 거죠? 이사님께서 워낙 출중하시니까 저흰 걱정 없지만요."

"시나리오가 조금 심심하긴 하더라고요. 이사님이 잘 살려주셨어요."

규호가 기획안에서 눈을 떼고 고개를 치켜들었다.

"지금 무슨 말씀들 하시는 건가요? 저하고 장난하십니까?"

"네……?"

팀원들이 일시에 사색이 되었다.

규호가 풀었던 넥타이를 고쳐 매며 일어서고 있었다.

"회의 때 얘기 다 끝났잖아요. 회의 내내 하 작가님 시나리오 좋다고 얘기하던 사람들이 하 작가 돌아가고 나니까 별로라고 말을 해요? 회의 땐 다 구라였다는 거네? 지금 게임합니까? 우리 놀아요?"

"죄, 죄송합니다. 이사님, 저희는 그런 뜻이 아니라……."

팀원들은 제대로 항변조차 하지 못했다.

규호는 입가에 긴 미소를 머금고서 경멸스런 눈빛으로 그들을 차례차례 돌아보았다.

"아하……! 이 양반들 아직도 내 스타일을 모르는구나. 우리 게임하는 사람들이 아니라 만드는 사람들이에요. 헛짓거리 말고 일이나 하세요. 아셨어요?"

"며, 명심하겠습니다."

"정말 죄송합니다, 이사님."

규호가 성큼성큼 소회의실을 나섰다.

남은 팀원들은 풀린 두 다리를 제어하지 못하고 의자에 무너지듯 몸을 앉혔다.

그와 같은 시각.

재건과 수희는 나란히 엘리베이터 앞에 서 있었다.

"정말 다 괜찮은 거니, 재건아?"

"의외인데?"

"뭐가?"

"회의 때 다 끝난 얘기를 네가 확인한다는 게."

"……."

수희가 입술을 꼭 앙다물었다. 상대가 재건이 아닌 다른 사람이었다면 이러지 않았을 것이다.

"정말 다 좋았어. 너랑 이사님이 같이 짠 거라며? 기획안만 봐도 게임을 한 것처럼 재밌었어."

"그렇게 말해주니 마음 편하다."

"말미에 얘기 나왔던 아이템도 불만 없고. 사실 내 작명 센스가 그다지 좋지 않다는 걸 최근 들어 느끼기 시작해서."

"그걸 이제야 알았단 말야? 너 대학 때부터 제목이나 등장인물 이름 짓는 센스는 정말 못 봐줄 수준이었어."

"너무하네, 이수희 팀장님. 이 시점에서 딜을 넣으시나요? 아주 사람 영혼을 탈곡기에 넣고 돌리시는군."

수희가 입을 가리고 쿡쿡 웃었다. 뒤이어 미소를 머금은 재건 앞으로 엘리베이터 문이 활짝 열렸다.

"며칠 이따 보자. 연락할게."

"응, 조심해서 가. 저녁 꼭 챙겨 먹고."

지하 주차장에서 내린 재건은 자신의 차로 가 문을 열었다. 운전석에서 노트북으로 인터넷 검색을 하고 있던 연우가 고개를 들었다.

한껏 웃는 표정이었다.

"금방 오셨네요, 형."

"무슨 좋은 일 있어?"

"이것 좀 보세요. 우재훈 감독 히말라야 산맥 개봉했는데 평론가 평점이 5점대예요."

"난 또 뭐 때문에 그렇게 웃나 했다."

"통쾌하잖아요. 아, 형. 진짜 이건 압살이에요, 압살. 잘 났다는 듯이 인터뷰 여기저기서 형 돌려까기 시전하더니. 이 거 보세요. 형이 지난 주말에도 관객 수 1위라고요! 개봉 첫 주 히말라야 산맥이 4주째인 바다가 있었다를 못 이기고 있다고요!"

"숨넘어가겠다. 그만하고 출발하자."

"하하하하, 네. 무교동으로 가면 되죠? 아, 진짜 너무 좋다. 50억 들인 바다가 있었다가 110억 들인 히말라야 산맥 을 어디까지 발라 버릴지 너무나 기대되는 것."

시동을 걸고 내비게이션을 찍으면서도 연우는 내내 즐거 운 듯이 재잘거리고 있었다.

재건은 소리 없이 웃으며 뒷좌석에 몸을 깊이 파묻었다.

바로 그때.

손 안에 책 한 권이 잡혔다.

오태진 작가의 장편소설 '너의 비극'이었다.

'이런……. 읽는다는 걸 바빠서 사놓고 깜박했어!'

오늘은 웅성그룹 대표이사 태진과 그의 장남이자 편집장 인 명석을 만나는 날이다.

시계를 보니 벌써 5시 20분.

약속까지는 1시간밖에 남지 않았다.

'집에 놔둔 뿔테 안경이 이렇게 절실할 때도 있군.'

재건은 책을 펼치고 맨눈으로 읽기 시작했다. 독서하는 그를 힐끗 본 연우는 눈치 빠르게 라디오를 껐다. 그리고 배려하듯 조심스럽게 차를 몰았다.

'1인칭이네.'

소설은 서장부터 친절하게도 세 사람의 주요 인물을 설명하고 있었다. 화자인 '나', 그리고 '나'의 친구인 '너', 끝으로 '나'와 '너' 모두 좋아했던 '그녀'까지 셋이었다.

'작가 지망생이구나.'

작중 등장하는 '나'와 '너'는 문창과 1학년생으로 작가가 되길 꿈꾸는 청춘들이었다.

내용은 '나'의 시선으로 '너'를 관찰하는 형식으로 전개되고 있었다.

'나'는 누구보다도 열심히 글을 쓰는 청년이다.

하지만 아무리 열심히 써도 친구인 '너'를 따를 수가 없다.

그렇다고 '나'는 '너'를 질시하거나 졸렬하게 열등감을 품지도 않는다. 끝없이 존경하고 배움을 얻어내려 노력한다.

'너'는 글밖에 모르는 사람이다.

때론 일주일 내내 식음을 전폐하고 글만 써서 '나'의 가슴을 철렁 내려앉게 만들기도 한다. 그러던 와중, '그녀'가 두 사람 앞에 나타난다.

"……."

재건은 10페이지를 채 넘기기도 전에 소설에 흠뻑 빠져들었다. 절제된 서술은 보이는 족족 동공으로 빨려든다. 실제 있었던 이야기인 것처럼 생동감이 넘쳐 나고 있었다.

이윽고 목적지에 도착한 차가 멈춰 섰다.

여전히 재건은 책을 읽느라 여념이 없었다. 연우는 그를 방해하지 않으려고 잠자코 기다렸다.

약 20분 후.

"어? 뭐야? 언제 도착했어?"

책장을 덮고 고개를 든 재건이 놀라서 물었다. 운전석의 연우가 킥킥 웃으며 대답했다.

"형이 하도 열심히 읽으셔서 가만히 있었어요. 아직 약속 시간도 보자…… 정확히 7분 남았고요. 재밌는 책이에요?"

"나중에 너도 한번 읽어봐."

재건이 겉옷을 챙겨들고 차문을 열었다.

차에서 내린 그는 겉옷에 두 팔을 꿰며 연우에게 말했다.

"고마웠다. 사무실로 들어가고 내일 보자."

"알겠어요, 형. 저녁 맛있게 드세요."

돌아선 재건의 눈앞에 약속한 식당이 자리하고 있었다.

재건은 복요리 전문점의 간판을 다시금 확인한 다음 걸음을 내디뎠다.

"어서 오세요, 선생님. 이쪽입니다."

정갈한 식당 내측의 자리에 태진과 명석은 이미 와 있었다.

재건은 잰걸음으로 그들에게 다가가 마주섰다.

"먼저 와 계실 줄 몰랐습니다. 제가 자리를 잡고 기다렸어야 했는데 죄송합니다."

"약속 시간은 아직 되지도 않았는데요. 저야 우리 아들, 아니, 편집장하고 일이 없어서 미리 와 있었습니다. 허허허."

태진이 사람 좋게 웃으며 두터운 손을 내밀었다. 재건과 악수를 교환하면서 그는 말을 이었다.

"저 오태진이라는 사람입니다. 이렇게 웅성을 살찌워 주신 하 선생님을 뵙게 돼서 무척 기쁩니다."

"몸 둘 바를 모르겠습니다. 웅성의 대표이사님을 이렇게 뵙게 되어서 저야말로 무척 영광입니다."

재건은 맞은편에 앉으며 태진의 모습을 눈에 담고 있었다.

희끗해졌지만 짙은 눈썹, 그리고 다부진 골격에서 무인의 풍모가 묻어났다. 필시 여러 운동으로 건강을 관리하고 있으리라. 규칙적인 생활이 가장 힘든 재건으로서는 부러운 일면이었다.

"식당이 조금 누추하지만 맛은 제가 보장합니다. 30년 된 식당입니다. 제가 30대부터 드나들었죠."

"누추하다니요. 전혀 그렇지 않습니다."

주문한 복요리에 앞서 복 껍질, 창난젓, 갓김치, 부침개 등등의 밑반찬이 깔렸다.

겉옷을 벗고 자리에 앉은 재건은 잠시 후 정중한 어조로 입을 열었다.

"실례를 무릅쓰고 대표이사님께 부탁드리고 싶은 것이 있습니다."

"하하하, 저에게요? 뭐든지 말씀만 하세요."

"사인 좀 해주실 수 있을까요?"

그렇게 말하며 재건이 '너의 비극'을 공손히 내밀었다. 컵에 물을 따르던 태진은 웃는 표정 그대로 얼굴이 굳어들고 있었다.

"감명 깊게 읽었습니다. 생동감이 넘쳐 나는 이야기였습니다. 혹시 실화인가요?"

툭!

흠칫 몸을 떤 태진이 무심코 손에서 컵을 놓쳤다.

엎질러진 물이 탁자 끝까지 퍼져 아래로 뚝뚝 떨어졌다.

"괜찮으세요?"

놀란 명석이 휴지를 뽑아 탁자를 닦았다.

태진은 황망히 일어나서는 바지를 적신 물기를 털어냈다.

얼굴에 민망하다는 웃음이 그득했다.

"어이쿠. 이거, 손이 미끄럽다 보니 이런 실수를……."

당연히 거짓말이었다.

시작부터 제대로 직격을 맞았다.

재건의 질문은 태진이 이 자리를 주선한 사적인 이유와 밀접한 관계가 있었다.

"됐어, 편집장. 내가 닦으면 돼."

태진이 명석에게 손사래를 치고는 태연한 척 젖은 탁자를 닦아냈다.

제어할 수 없는 심장만이 부서질 것처럼 뛰고 있었다.

최대한으로 마음의 각오를 하고 나왔지만 효력이 없는 듯했다.

지나치리만치 당황스러운 마음은 어쩔 수 없었다.

상대는 두 개의 우연을 연달아 만들어낸 하재건이니까.

디지털문학상에서는 필명으로 서건우라는 이름을 썼고, 지금까지 줄곧 서건우의 무덤 인근에 살고 있는 작가인 것이다.

이것이야말로 태진이 오늘의 자리를 만든 이유였다.

더 이상은 잊고 지내기가 힘들었다. 자신의 허무맹랑한 추측이 과연 현실인지 재건을 직접 만나 의문을 해결하고 싶었던 것이다.

"죄송합니다. 뭐라고 물어보셨죠?"

주변 정리를 끝내고 난 태진이 웃는 얼굴로 물었다.

등줄기에 흐르는 식은땀이 또렷하게 느껴지고 있었다.

"아, 네. 그러니까 너의 비극이 실화인지 아닌지 여쭤봤습니다. 생동감이 넘쳐서요."

태진은 머리가 지끈거렸다.

정말 그것뿐일까.

생동감이 넘친다는 건 단순한 겉치레가 아닐까.

실화 여부에 대해 질문한 의도는 정말로 이렇게 단순한 것이었을까.

"허허, 글쎄요. 실화라고 할 수도 있고, 아닐 수도 있고."

타는 목을 한 모금의 물로 축인 다음 태진은 말을 이었다.

"살아오면서 많은 문우를 사귀었지요. 그들의 여러 인생사를 듣고 제가 느낀 감상의 편린들을 그러모아서 글로 풀어낸 작품입니다."

"아아, 네."

"그러니까 실화일 수도 있고 아닐 수도 있다는 겁니다. 답변이 조금 심심했나요? 허허허."

"아닙니다. 글 쓰는 사람으로서 공감되는 말씀이십니다."

재건은 더 묻지 않았다.

실화 여부에 대한 문답은 이것으로 간단히 끝났다.

덕분에 태진은 일단 한시름 놓았다.

복요리가 나오고 거센 불길이 치솟아 올라왔다.

태진은 식사를 권하는 한편 때때로 재건의 표정을 관찰하고 있었다. 부자연스러운 구석이라곤 전혀 느껴지지 않았다. 소년처럼 환하게 웃으며 맛있는 음식을 즐기고 있을 뿐이었다.

식사가 중반에 다다랐을 무렵.

태진은 슬슬 똬리를 풀어봐야겠다는 생각으로 지나가듯이 운을 뗐다.

"그러고 보니 하 선생님은 서울에서 혼자 생활하신다고요?"

"아, 네. 본가는 수원인데 제대하고 나서 독립했습니다."

"그러셨군요. 궁동이시라고요? 거기 근처 지나가다 생태공원 있는 걸 한번 본 적이 있는데. 잘 해놨더군요."

"네, 저도 이따금 산책하러 갈 때 있습니다."

"말씀을 들어보니 딱히 지연이 있는 건 아니고 그저 근방이 마음에 드셨나 봅니다? 우리 아들, 아니, 이거 죄송합니다."

"괜찮습니다, 편하게 말씀하세요."

"허허, 여하튼 우리 편집장 얘기를 들어보니 근방의 좋은 집으로 이사를 하셨다고요. 그래서 여쭤봤던 겁니다."

대놓고 물어볼 수 없는 태진은 연달아 질문을 우회하고 있었다.

재건은 담담한 미소로 고개를 끄덕였다.

"특별히 다른 곳으로 이사하는 것도 번거롭고, 서울에서 자리 잡고 계속 지내서 익숙한 것도 있고요. 출판사나 작가 사무실이나 어디든 다니기도 딱 좋은 위치라서 계속 살고 있습니다."

"하하하, 그래요. 어디 경치 좋은 바닷가나 산자락 마을이 아닌 이상 서울이 다 거기서 거기 아니겠습니까."

너털웃음을 흘리는 태진 옆에서 명석은 조금 의구심이 들었다. 시시콜콜한 화제로 이렇게 많은 말을 늘어놓을 아버지가 아닌 까닭이다.

'하 선생님이 그렇게 마음에 드셨나?'

명석은 혼자만의 지레짐작으로 고개를 갸웃거렸다.

태진은 웃는 낯으로 재건과의 대화를 이어가는 중이었다.

"그러고 보니 첫 수상은 디지털문학상이셨지요?"

"맞습니다. 대표이사님께서 기억해 주시니 영광입니다."

"무척 즐겁게 읽었으니까요. 제가 나이는 들었지만 아직 기억력 좋습니다. 필명까지도 기억하고 있어요. 서건우라는 필명이었던가요?"

"네, 맞습니다. 정말 기억력이 좋으신 것 같습니다. 지금 껏 보아오신 작가가 한두 명이 아닐 텐데요."

어디까지나 밝게 웃으며 대답하는 재건이었다.

태진은 더 이상 물어볼 거리가 없어 입을 다물었다.

'내가 지나친 망상을 했나.'

태진의 온몸을 경직시키던 긴장감이 서서히 해소되고 있 었다.

60년이 넘는 세월을 살아오면서 수많은 사람의 얼굴을 보 아왔다. 스스럼없는 재건의 모습에서는 한 점의 거짓도 찾아 볼 수 없었다.

"많이 드십시오, 하 선생님."

"고맙습니다. 대표이사님도 많이 드세요. 편집장님도요."

화기애애한 분위기는 식사 끝까지 유지되었다.

재건이 화장실에 간 틈을 타서 태진이 명석에게 말했다.

"건실한 친구 같구나."

"그러셨어요? 어쩐지 아버지께서 오늘 말씀이 많으시다 싶었는데, 마음에 드셨나 봐요?"

태진은 웃는 낯으로 고개를 주억거리며 재건을 향한 호감 을 숨기지 않았다.

"작가도 사람이니 필력 이전에 인성이 되어야지. 오늘 식 사 무척 좋았다."

태진이 슬쩍 손목시계를 보며 말을 이었다.

"아무래도 나는 늦어서 먼저 들어가 봐야겠다. 미안하지만 네가 나머지 얘기 좀 마치고 돌아와라."

"당연히 제 일입니다. 맡기시고 먼저 들어가세요."

이윽고 재건이 화장실에서 돌아왔다.

식당에서 나오니 태진의 차가 대기 중이었다.

운전석의 기사가 재빨리 내려 차문을 열어주었다.

타기에 앞서 태진은 다시금 재건과 악수를 나눴다.

"오늘 식사가 선생님 입에 맞으셨을지 걱정입니다."

"맛있었습니다. 대표이사님 덕분에 정말 잘 먹었습니다."

"맛있으셨다니 제가 오늘 두 발 뻗고 자겠습니다. 그럼 저는 먼저 돌아가 보지요. 말씀 잘 나누세요."

태진이 떠나고 난 뒤 재건과 명석은 식당 바로 옆의 카페로 들어갔다.

주문한 커피를 앞에 놓고 명석은 대뜸 본론으로 돌입했다.

"이제 선생님도 세계로 나가셔야죠."

"무슨 말씀이세요?"

"선생님 작품을 해외시장에 선보일 생각입니다. 사실 이게 오늘 말씀드릴 가장 중요한 이야기였습니다."

"……."

재건은 말문이 막혀 멍해졌다.

내 소설이 정식으로 외국의 독자들에게 판매된다고?

'스무 살의 여름'이라든가 '바다가 있었다'가 외국어로 번역되어 수출된다는 말인가?

"하하하, 선생님. 놀라셨습니까?"

장난스럽게 묻는 명석 앞에서 재건은 얼마 전 받았던 해외 독자의 메일을 떠올렸다.

'더 브레스'가 너무 재미있어서 영어로 번역해 동포들과 보고 싶다던 그 메일이 지금 이 순간 다시금 뇌리에 되살아나는 것이었다.

"정말로……."

재건이 말을 잇지 못하고 일단 침을 한 번 삼켰다.

"정말로 제 작품이 해외로 나갈 수 있습니까?"

"걱정이 과하신 것 같습니다. 선생님은 두 작품 연달아 베스트셀러를 쓰셨어요. 스무 살의 여름 누적 판매량은 170만 부를 넘겼고 바다가 있었다도 110만 부 이상이 팔려 나갔지요. 한국에서 이만큼 흥행한 작품을 빼면 도대체 무슨 작품을 해외시장으로 내보내겠습니까?"

거기까지 말하고 난 명석은 커피로 목을 한 모금 축였다.

"사실 지금까지 해외로 진출한 한국 소설의 성적이 썩 좋다고 볼 수는 없습니다. 이만열 작가님이라든가 공지용 작가님이라든가, 해외시장에서는 고전을 면치 못했습니다. 모

표절 작가의 엄마를 부탁하는 소설만 조금 선전했었지요."

"네, 저도 언뜻 뉴스를 본 적 있는 것 같습니다."

"저는 이게 한국인의 감성 때문이라고 봅니다. 외국인의 감성과는 분명히 맞지 않는 부분이 있거든요. 바다가 있었다만 봐도 그렇습니다. 한국 건달과 러시아 마피아와 일본 야쿠자가 전부 같은 성향은 아니잖습니까."

"으음, 네."

돌연 명석이 허리를 곧추세우며 씩 웃었다.

그러고는 자신만만한 어조로 말을 잇는 것이었다.

"그럼에도 불구하고 하 작가님 작품은 가능성이 보인다는 것이 제 의견입니다. 스토리 자체가 재미있으니까요. 인간의 내면과 감성을 표현하는 데에만 그치지 않으니까요."

"좋게 말씀해 주시니 감사하지만……."

"당장 하루 이틀 내로 결론이 날 일은 아닙니다. 여하튼 절 믿고 맡겨주시면 제대로 한번 진행해 보겠습니다."

재건이 미간을 좁히며 곤혹스런 웃음을 빼물었다.

어차피 믿고 맡길 생각이었다.

상대는 언제나 자신이 기대한 것에서 몇 배 이상의 결과를 이끌어 낸 유능한 편집자였다.

"제가 달리 드릴 수 있는 말씀이 있겠습니까. 그럼 잘 부탁드리겠습니다."

두 사람은 커피를 다 마시고 나란히 카페를 나섰다.

아직 시간이 늦지 않아 지하철역 쪽으로 향하려는 재건을 명석이 잡아끌었다.

"모셔다 드리겠습니다."

"괜찮습니다. 지하철 타고 가면 금방입니다."

"제 마음 불편하게 하지 마시고 같이 가주세요."

명석은 끝끝내 재건을 놔주지 않았다.

끌려가다시피 그와 함께 주차장으로 간 재건은 몹시 눈에 익은 차 한 대를 알아보고 두 눈을 동그랗게 떴다.

"……연우야?"

눈에 익은 차는 자신의 차.

그리고 운전석에서 황급히 내리는 사람은 연우였다.

"뭐야? 사무실 돌아가서 쉬라고 말했잖아."

"아, 재건이 형. 화내지 마세요. 이게 어떻게 된 거냐면, 제가 진짜 이 근처에 친구 만날 일이 있어서 좀 만나러 갔다가 마침 시간도 됐고 해서 다시 돌아가는 길에 와본 거예요. 형 혹시 나오셨으면 같이 돌아가려고요. 네, 그런 거죠."

연우가 속사포처럼 되도 않는 변명을 쏟아냈다.

어이없어 하는 재건 옆에서 명석은 안경을 고치며 소리 없이 웃었다.

"매니저님이 계시니 안심입니다. 아무래도 저는 혼자 돌아가야겠군요. 조심히 들어가세요, 하 선생님."

"아하하, 네. 고맙습니다, 편집장님. 들어가세요."

재건은 자신의 차 조수석에 올라타 안전벨트를 매며 한숨을 내쉬었다.

옆에서 시동을 거는 연우는 겁먹은 표정으로 눈치를 살피고 있었다.

"형, 화나셨어요?"

"어, 누구세요?"

"아, 재건이 형. 진짜 왜 그러세요. 저 형 매니저잖아요."

"매니저요? 아아, 네. 제게도 매니저가 있었죠. 그런데 하도 말을 안 들어서 조금 전에 해고했습니다만, 뭔가 문제라도?"

"아, 형. 그러지 마세요. 저 상처받아요, 진짜."

연우가 울 것 같은 표정으로 말하고 있었다.

재건은 두 눈을 질끈 감으며 고개를 좌우로 천천히 내저었다.

"이게 마지막이다. 또 말 안 듣기만 해봐."

"헤헤헤, 여부가 있겠습니까. 출발할게요!"

시동이 걸린 차가 경쾌하게 출발했다.

라디오의 DJ는 영화 '바다가 있었다'의 흥행 돌풍에 대해 열띤 목소리로 의견을 늘어놓는 중이었다.

BIG LIFE

[바다가 있었다. 관객 수 600만 명 돌파. 지속적인 상승세는 과연 어디까지?]

[윤태성 감독 인터뷰 中, '원작을 충실히 표현하는 것에 심혈을 기울였다. 결과는 대만족']

[원작자 하재건 과거 '나 혼자 살아' 출연 중 발언 재조명, '윤태성 감독 내 의견 적극적으로 수용해 줘서 좋아']

[주연배우 박도준, 중국으로부터 날아든 러브 콜에 응할까?]

"와, 민호 형. 진짜 흥행 장난 아니다. 이러다 관객 천만 찍는 거 아냐?"

인터넷 기사를 들여다보던 은영이 감탄스런 목소리로 물었다. 뒤편에서 책을 읽는 민호는 대답할 기미가 없었다.

"뭐야? 책 읽는 중이니까 방해하지 말란 거야?"

"아니, 지금 중요한 부분이라."

"흥칫뿡이다."

은영은 입술을 뾰로통하게 내밀어 보이고는 마우스 스크롤을 내렸다.

연관 기사에 우재훈 감독의 신작 '히말라야 산맥'에 관한 뉴스가 떠올라 있었다.

[50억 들인 '바다가 있었다' VS 110억 들인 '히말라야 산맥'. 두 한국 영화 중 승자는 누구?]

대결 구도의 제목부터가 자극적인 기사였다.

내용을 보니 은영의 예상대로였다.

막대한 제작비를 들인 '히말라야 산맥'이 고전을 면치 못하는 가운데, 그보다 절반 이하의 제작비로 만들어진 '바다가 있었다'는 거침없는 흥행을 이어가고 있다는 취지의 본문이었다.

기사 말미의 네티즌 댓글은 더욱이 신랄했다.

─블록버스터가 아니라 산악신파극임. 재미건 연출이건 연기건 하여간 애초에 대결 구도가 성립이 안 됨.

─난 솔직히 히말라야 산맥도 나쁘진 않았음. 그럭저럭 가족들이랑 볼만했는데 까놓고 바다가 있었다가 너무 잘 만들어짐. ㅇㄱㄹㅇ ㅂㅂㅂㄱ

─헛소리ㅋㅋㅋㅋㅋ 히말라야 산맥이 나쁘지 않았다고? 만든 감독 쌍판이 궁금해질 지경이던데ㅋㅋㅋㅋㅋㅋㅋ

─위에 바다가 있었다 댓글 알바냐? ;;;; 좋은 영화인 건 알겠는데 히말라야 산맥도 괜찮은 영화였다고.

─110억은 히말라야 현지인들에게 기부했나 봄. 우재훈 겁나 민

망하겠다. 인터뷰에서 겁나게 씨부리더니만. ㅋㅋㅋ

–우재훈 감독 술집에서 윤태성이나 하재건 만나면 스파링 신청할 듯 ㅎㄷㄷㄷㄷㄷ

"와, 요즘 사람들 말하는 거 장난 아니네. 내가 감독이었으면 멘탈 벌써 갈리고도 남았겠다."

은영은 쓴웃음을 지으며 자리에서 일어섰다.

양어깨를 떨며 책을 읽는 민호의 뒷모습이 보였다.

"형? 왜 그래?"

"으흐흑……! 어윽, 어어……!"

민호는 눈물 콧물로 범벅이 된 얼굴을 하고 있었다.

급기야 그는 다 읽은 책을 내려놓고는 두 손바닥에 얼굴을 묻었다.

"갑자기 왜 우는 거야, 형?"

"이 책 너무…… 아, 진짜 너무 슬프고 감동적이야……."

민호는 휴지로 코를 팽 풀고는 훌쩍이며 말을 이었다.

"와, 세상에 이런 멋진 주인공이 어딨지? 자기도 그 여자를 좋아하면서 친구와 그녀의 사랑을 위해 마음을 끝까지 숨기고……! 시골 마을로 종적을 감춘 친구 위치를 그녀에게 알려 주고 기차까지 태워 보내면서 끝나는데 아, 후유증……!"

"지금 스포하는 거야? 나보고 읽으라더니 뭐야? 그만

말해!"

은영이 민호의 어깨를 찰싹 때리고는 민호의 눈물로 표지가 촉촉하게 젖어 있는 책을 집어 들었다.

오태진 작가의 작품, '너의 비극'이었다.

to be continued